U0092854

從臺灣現代小說
透視時代
心靈的變遷

孤獨與疏離

鍾文榛——著

序

　　常常，會覺得跟不上別人的腳步。夢境與生活皆如此。

　　在大多數時候的夢境裡，除了慘澹的黑白光影之外，他人的身影總是和我保持著一定的距離，可以清楚聽見對方叨叨不斷的話語，告誡著我應該要更合群一些或是要遵守什麼遊戲規則之類的，隱約知道自己想要反駁些什麼，往往卻只有感覺到自己在內心裡很抗拒，實際上卻說不出任何一句話來，只能很努力的癟住嘴唇讓自己不發出絲毫聲音。是這般連作夢都可以感覺到自己被什麼東西排除在外，一直被推開又不被接受般的孤伶伶，連自己都感到匪夷所思。

　　其實自己並不特別，就和大多數人一樣，朝九晚五的工作、閒暇時刻就聚會談些不著邊際卻也不影響生活的話語，然而這般沒有太多脫序演出的自己，很容易在人群中突然陷入放空的情境；也不是不專心聽別人講話，只是很容易覺得自己像旁觀者在看無聲電視一樣，別人的嘴開開闔闔的說著些什麼，而自己的思緒卻天馬行空的翱翔去了。過去只覺得自己好像不太對勁，可是到底哪裡出了狀況導致自己會這樣，卻又說不上來。

　　後來，在著手進行孤獨與疏離在臺灣現代小說中存在的可能這一課題的研究後，我才知道自己只是在孤獨的情境裡游移，因為想要符合社會所賦予的角色期望（當個好孩子，做著一份看似穩定的工作，與他人分工合作讓社會變得更美好之類的），又想要做自己（想大聲喧鬧就放開心去做，想體驗什麼就去經驗，不需要顧慮他人眼光或社會可能的評價），在這二者間來來去去還沒能拿捏到分寸，也尚未能滿足自我內心的情況下，才會這樣感到矛盾，以及與他人有所疏離。

僅以本書獻給與我有同樣經驗或對孤獨與疏離兩課題有興趣的你。

也許，能幫助您了解一些什麼也說不定。

目次

圖次

第一章

緒　論

第一節　研究動機

「一起去廁所吧？」是大多人從小就聽過的話語。從小到大的經驗裡，不管是買東西、幫忙跑腿，甚至是上個廁所，最常聽見的都是這樣的問句：「陪我一起去？」這樣的對話情境一直到進入大學，變化成：「你要陪我修某一堂課嗎？」「你選了哪幾堂？我跟你一起～」是害怕落單的邀約也好，心不甘情不願而勉強答應他人的也好，這些「找一個伴相陪」的成長經驗顯示出有些人害怕獨處、害怕自己不被需要、害怕自己被人群排斥在外、害怕自己跟別人格格不入、害怕不被別人認同，所以千方百計想跟別人一樣。（凌茜，2010：12）

從踏入校園到前進社會，我們一路學習人際關係的經營、努力累積所謂的社會經驗，甚至修習一些愛情學分。應著每人追尋的方向不一，身邊越來越多人離去，有熱中於社團、勤勞於工讀、找到穩定對象相偎相依的、或另有人生規劃而離開的。即使

透過網路可以聯繫到一些朋友，或是看見他人更新的個人動態，但也因為各自有了新的生活，在無法延續過去的話題以及不同於過往可以隨找隨到的情形下，越來越多人感覺自己很孤獨。脫離了群體後的自己，是否注定就會與他人疏離？會感覺到個體無依的孤獨，會不會是因為長久以來我們已經習慣互助和分工的模式？如果孤獨是負面的情緒字眼，那近些年追求孤獨的出現又是為什麼？

身處在資訊豐富且多元的社會中，我們接觸的面雖然廣，但在快速變遷的過程，人們尚未意識及釐清眼前現象的同時，新的課題便接連出現，挑戰著人們思索的極限。不同於過去以勞動為主的農業社會，以服務業為主的現今，加強了人際之間的互動，群居的我們在生活中一定會與他人有交際往來，不管是物質上的需求或是精神上的需求，也都會與他人相關聯。在這樣看似互動機會眾多、資訊學術等等資源豐富的社會之下，未及思索的部分反而成為個人心中不確定的因素，導致我們不免會去思索諸如「我是誰？」「我為何而活？」「我在做什麼？」之類的課題。（鍾文榛，2011）

如果每一個作品都是作家對時代或文化的體驗和觀察，那麼透過閱讀「詩歌」、「劇本」、「小說」等等順應社會現況而生的文學作品，是否就能看出當前社會存有怎麼樣的現象或問題，又是如何對人的心理有影響？孤獨與疏離，是每個時代必然存在的感受嗎？不同的階段又可能是什麼原因造成孤獨與疏離？他們兩者有什麼不同？都只有負面的解釋嗎？

　　近十年來坊間的出版品，越來越多使用到「孤獨」這一字眼，當我們看到書名叫「孤獨」時會做什麼聯想？大部分的答案是消極的、負面的。針對這樣的狀況，林信男認為是因為整個社會被洗腦，過度強調人際關係的重要性，而忽略了孤獨的正面功能。他又提到，如何改善人際關係的書、演講、訓練班成為現代化社會的寵兒，這種氣氛對不擅社交的人造成了不小的壓力，甚至因而不能接受自己。（史脫爾〔Anthony Storr〕，2009：導讀代序1）

　　其實關於「孤獨」，已不同於以往我們所想的負面解讀，大多都轉化成為與心靈追尋相關的課題。是怎樣的社會趨勢，導致人們開始注意「孤獨」與「疏離」這樣的課題，又這樣的現象是否僅存於近十年的我們，又或者是否早在臺灣初期便已有這些相關的課題存在於作者筆下的角色、生活，但因為非當時社會的主要課題而較少被提出來討論，這些成了我想去引證並加以探索的出發點。

　　在2011年時，個人曾發表過〈個人主動追求孤獨的價值與意義——以現代小說《傷心咖啡店之歌》為例〉（鍾文榛，2011），但個人與社會的關係之緊密，並非由一兩萬字便可歸納說明清楚，個人追尋的背後是否有一定程度會受社會文化的影響也是我所好奇的。因此，本研究將從個人放大到整個社會來看，期望以孤獨與疏離為研究課題來透視時代心靈的變遷。又小說的閱讀比起單看歷史事件陳述更讓人有思索的彈性空間，所以本研究將以臺灣現代小說為印證核心，期待本研究與所關心的課題能相呼應，提供讀者另一看待孤獨、疏離與時代心靈的視野。

第二節　研究目的與研究方法

一、研究目的

　　亞里斯多德（Aristotle）曾說：「人類是天生社會性動物。」社會心理學家馬斯洛（Abraham Maslow）也主張人天生是一種「社會性」動物，並提出倘若將生活分為「物質生活」與「精神生活」兩部分：物質生活可藉由人與人之間互動和互助合作而達成；而精神生活則靠人際活動得以感到充實。（楊茹婷，2011）史脫爾更提到：「目前大家都強調親密的人際關係，但這也是近代才有的現象。」（史脫爾，2009：3）

　　張小嫻在其作品裡，寫過這麼一段話：

> 開心的時候，有人分享，才有意思。
> 不開心的時候，有人安慰，我們才有勇氣去面對。
> 把開心和不開心都留給自己的人，理智，但孤獨。（張小嫻，2006：8）

張小嫻寫出每個人都有煩惱，當我們聆聽別人的煩惱，幫助對方解決一些問題時，我們本身的煩惱好像就會減輕一些。姑且不論這句話所提到的孤獨意指為何，光就人們之間相互分擔的行為來說，就和上段曾提到的社會性動物相關。所謂的社會性，指的是

人類匯聚群居的先天本能。（教育部重編國語辭典，2011a）在最初尚未工業化的時代，群居在一起的人類共同生活在一個大圈子內，靠的正是彼此相互分擔（工作上的分擔也好，情緒上的分擔也好），和人互動是生活的、是必然的。但現今的社會，儘管我們試著找人分擔些什麼，卻仍然容易感受到孤獨，和人互動有時候還會變成自己的壓力。

在《有一種孤獨叫自由》一書中，作者便提到這樣的轉變：人類所以會感覺到孤獨，是因為從過去群居在一起狩獵、耕種，改變成在都市裡分工。高樓大廈的出現成了社會進步下阻隔人與人的屏障，再加上人與人之間的激烈競爭，才逐漸讓人變得退縮、多疑、孤僻，甚至出現處在人群中就感到不自在、不知道怎麼與陌生人打交道、害怕不熟悉的人會傷害自己等現象。（李素文，2011）

不同於過去人類為了謀生求溫飽而沒時間注意人際關係，現在的我們處在資訊發達的時代，不僅聯絡方便、交通方便，連物質也不虞匱乏。即便如此便利與省時，我們卻越加頻繁地說著自己感到孤獨，或覺得自己與他人有所疏離。我們會聽見「我好孤獨，尤其是深夜到來時，那份孤獨的感覺更加讓人窒息！」「即使我走在喧鬧的人群中，也會感到自己是獨自一人……」、「我感到孤獨，因為沒有人能懂我。」等字句，也會感覺周遭沒人了解自己，但更多時候的我們卻不知道當中的問題出在哪裡。

存在心理學家梅（Rollo Reese May）曾提出一套看法：人自由選擇的可能性越多，產生的焦慮也就越多。梅認為人的一

生中需要發展和成長，在這過程必然會面臨許多新的體驗和選擇。每當個體獲得一種新的體驗或做出可能的選擇時，就好像在走一條新的道路。因為我們不知道這條道路是否安全，也因此人在能自由選擇和發展的同時，必然會伴隨著潛藏於自由中的焦慮。科學技術的迅速發展、工商業的繁榮、文學藝術的多種運動和創新，這些雖然給社會帶來了進步，但人的心理一時難以適應眾多的學術理論，我們難以找到一種關於人的穩定、整體和全面的觀點，釐不清自己所以存在的最終目的，間接的就產生了現代人精神崩潰或和人際疏遠的況狀。（引自楊韶剛，2001：119）

　　透過梅的說法，我們能看到人所以在面對大環境會表現出焦慮，是出於選擇太多及不確定性太多所致。梅將人會感覺到孤獨與疏離歸類於因為我們面對太多的訊息量，無法確認自己的存在定位才會有所迷失進而有所感。孤獨與疏離從心理學角度來看，是屬於需要被治療且導正的疾病，因此心理學家在處理這樣的議題首重的是：這樣的心態狀況是否會導致患者影響到正常生活？怎樣去化解患者對社會／生活的不適應？也就是說，在過去關於社會孤寂的研究，心理學家關注的焦點大多都將孤獨定義為較負面的心理表現，討論擁有孤寂感的人是否容易有憂鬱症狀，以及如何去治癒這樣的病症。

　　直到近些年，開始出現史脫爾、科克（Philip Koch）、蔣勳等學者，提出追尋孤獨的好處。孤獨一詞，不再只是隱含病症可能的詞彙，轉而是一種自我對話的過程，藉由過程中我們與自己

對話，企圖為自我找到新的方向，甚至是心靈上的一條出路。
（鍾文榛，2011）然而，從過去負面的解讀、剖析病症原因、尋求解決之道到現今正面的接受，甚至學習讓自己在一定程度處於孤獨的狀態，這一段從負面的病症轉為正向表現的孤獨，卻鮮少有人針對此過程加以討論與說明。

　　現在的我們很常覺得自己不被他人了解。認真用力的上班、玩樂，但在回到家後卻會有喧囂過後的落寞等感受。雖然我們已試著尋找自己的定位，但還是很容易問出：為什麼我會感到孤獨？什麼是孤獨？和寂寞一樣嗎？為什麼會和他人／社會產生疏離？是不是有什麼社會因素影響？又過去資訊尚未爆炸前的人們是否也有著這般的孤獨與疏離感受等問題。

　　整合這些被各自書寫的議題，建構一套能夠理解時代心靈變遷的理論體系，釐清包含孤獨相關的課題、疏離的來源與面向，舉證分析臺灣現代小說前／後兩階段所透顯的孤獨與疏離，以及提供相關研究成果一些運用途徑，便是本研究的主要目的。

　　透過這樣的理論建構，個人希望對學校教育、讀者、創作者、文化重振等四方面有所回饋：（一）為語文教育增添新的內容；（二）提供讀者新的認知，幫助有此感受的人們釐清孤獨與疏離為何；（三）給予創作者針對孤獨與疏離兩議題再思考、再創新的參酌；（四）利用牽涉到終極信仰、觀念系統、規範系統、表現系統和行動系統等五個次系統的概念來釐清臺灣的我們所以會有孤獨與疏離的因素，了解緣由以重振文化歸屬。

二、研究方法

為了完成研究目的，勢必得搭配相應的研究方法；又當代學術論文所使用的方法眾多，有心理學方法、社會學方法、符號學方法、文化學方法、詮釋學方法、現象學方法、美學方法、比較文學方法……等，每一種方法都有其功能與限制存在，因本研究範圍涵蓋的部分是以孤獨狀態、疏離現象及二者在文學中的表現為主，根據本體研究的需要，除了第一章「緒論」說明了研究動機、研究目的、研究方法、研究範圍及其限制，第二章至第七章將會運用到「現象主義方法」、「語義學方法」、「詮釋學方法」、「社會學方法」等研究方法，針對各研究方法依序交代如下：

（一）「文獻探討」──現象主義方法

本研究的第二章為「文獻探討」，主要是針對「孤獨與疏離」、「現代小說中的孤獨與疏離」兩大部分進行文獻收集，進而加以整理、分析，並且探討他人對此議題不足待補的地方。此種將經驗到的問題與他人闡述加以對照比較的行為，就是使用「現象主義方法」。現象主義方法的現象觀，指的是凡是一切為經驗所及的對象。（趙雅博，1990：311）整體是一種探討本身所能經驗的語文現象的方法。也就是說，「現象主義方法」是顯現於經驗中或為經驗所及的對象的方法（周慶華，2004：95）；包括一切關於文學的人、事和作品及其彼此之間互動的複雜關係。（李瑞騰，1991：43）第二章將以此方法來看孤獨、疏離與

文學三面向，除了匯整過去相關議題的研究概況以外，更期待能釐出尚未被討論的新課題，以便更進一步進行研究。

（二）「孤獨相關的課題」、「疏離的來源與面向」
——語義學方法

本研究的第三章、第四章為「孤獨相關的課題」、「疏離的來源與面向」，將針對「孤獨」、「疏離」二詞進行分析，使用語義學方法以找出語義表達的規律性、內在解釋、二者在語義表達方面的個性以及共性。所謂的語義學（Semantics），是一個涉及到語言學、邏輯學、計算機科學、自然語言處理、認知科學、心理學等諸多領域的一個術語。（維基百科，2011）而「語義學方法」指的是探討語言意義的方法，在這裡特指處理物質性的部分。一般都指語文面的意義，包含語文的內涵和指涉。（利奇〔Geoffrey N. Leech〕，1996）希望透過語義學方法將「孤獨」、「疏離」二詞的關係界定清楚，並提出有效的新詮釋，以利後續章節得以在一明確的概念界定下進行論述。

（三）臺灣現代小說前／後階段所透顯的孤獨與疏離
——詮釋學方法

本研究的第五章、第六章將分別討論臺灣現代小說前／後階段所透顯的孤獨與疏離，孤獨與疏離都屬於抽象不具體的詞彙，也因此需要透過詮釋，才能從文本中窺見一二。所謂的詮釋，意指對文字解釋或指解釋的文字。（教育部重編國語辭典，

2011b）又周慶華也曾提出：「詮釋學方法」是解析語文現象或以語文形式存在的事物所內蘊的意義。不論是語言的表面意義，還是語言的深層意義，都可以構成詮釋的對象；而詮釋所要了解或獲得的對象，包含語文現象或以語文形式存在的事物所蘊含的主題、情感、意圖、世界觀、存在處境、個人潛意識和集體潛意識等向度。（周慶華，2004：101～110）也就是說，小說文本的閱讀不單只是故事、情節、人物的討論，更可進一步透過文本所蘊含的主題、情感、意圖、世界觀、存在處境、潛意識等向度進行更深入的詮釋。也因此在第五、六兩章將運用「詮釋學方法」，藉由解析小說文本，來深入理解文本中所透顯出的孤獨與疏離，其與社會文化、民族精神、歷史背景等等面向有怎樣的相關性。

（四）「相關研究成果的運用途徑」──社會學方法

本研究的第七章為「相關研究成果的運用途徑」，主要是使用「社會學方法」，將透過文本所看見其反映的社會現實進一步反思與回饋，以提供文化交流、文學認知與創作及教育推廣三方參酌。社會學方法，原是指研究社會現象的方法，但在這裡是特指研究語文現象或以語文形式存在的事物所內蘊的社會背景的方法。這種解析大體上有兩個層面：一個是解析語文現象或以語文形式存在的事物是如何的被社會現實所促成；一個是解析語文現象或以語文形式存在的事物又是如何的反映社會現實。（周慶華，2004：89）文本的閱讀理解會因人而異，而運用途徑的考慮

也未必符合社會期待，因此本章節雖擬採社會學方法進行研究，
但也僅能作為個人策略的運用，而非絕對。

第三節　研究範圍及其限制

一、研究範圍

本研究除了第一章「緒論」說明研究動機、目的與方法外，
第二章「文獻探討」將針對孤獨與疏離、現代小說中的孤獨與疏
離等兩方向進行資料收集與歸結；第三章「孤獨相關的課題」擬
以孤獨的界定、本體特徵及類型三項進行理論建構；第四章針對
「疏離的來源與面向」加以說明，包含疏離的界定、疏離來自孤
獨的概況、疏離的三種面向。

第五章開始帶入文本討論，以「臺灣現代小說前階段所透
顯的孤獨與疏離」為母題，選用具代表性的黃春明《兒子的大玩
偶》、王禎和《嫁粧一牛車》、白先勇《寂寞的十七歲》、王文
興《家變》、七等生《我愛黑眼珠》、陳若曦《城裡城外》等作
品，進行下列三面向的分析論述：（一）臺灣現代小說前階段中
的時代心靈概況；（二）負向型孤獨與正向型孤獨的綜合體現；
（三）心理疏離與社會疏離的交錯展演。

第六章同樣使用文本討論「臺灣現代小說後階段所透顯的孤
獨與疏離」，有駱以軍《遠方》、朱天心《古都》、朱少麟《傷
心咖啡店之歌》、邱妙津《蒙馬特遺書》、林文義《流旅》等具

代表性的作品，除了討論：（一）臺灣現代小說後階段中的時代心靈概況；（二）正向型孤獨與高處不勝寒型孤獨的相衍體現；（三）心理疏離與社會疏離的紛繁展演三項之外，另加入「文化系統」的概念以討論文化疏離的內化與迴圈呈示。文化是一個值得探討的龐大體系，牽涉到終極信仰、觀念系統、規範系統、表現系統和行動系統等五個次系統（周慶華，2007：182～184），不論是語言、行動甚或是文化表現，大致脫離不了「創造觀型文化」、「氣化觀型文化」和「緣起觀型文化」此三大文化系統。以周慶華歸納出的三大文化系統圖為例：

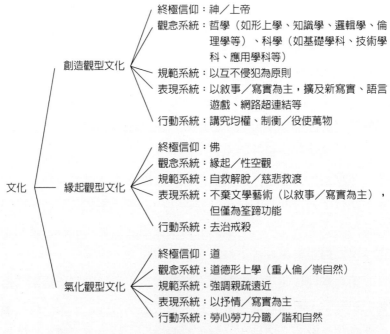

圖1-3-1　三大文化系統圖（資料來源：周慶華，2006：221）

　　由此圖可看出異系統因不同的信仰對象而衍生出不同的規範與行為表現，所以第六章將透過這樣的異系統比較，以氣化觀型文化解讀臺灣現代小說，理出文本中與氣化觀型文化不相符合處，以及為何會有這樣的情況發生，又是受哪種類型的文化影響而致，以期體現今人們所以容易有孤獨、疏離感受找出內在潛意識的衝突點為何。

　　第七章則為「相關研究成果的運用途徑」，擬議將研究成果運用到語文教育，為其增添新的內容，並提供讀者認知及作者創作的借鏡；另透過文化系統的比較，企圖提供學界重振自我所屬文化系統的參考憑藉。

　　本研究整體性質是採行理論建構。在周慶華《語文研究法》中，對「理論建構撰寫體例」提出下列說明：

> 理論建構，講求創新。大致上從概念的設定開始，經由命題的建立到命題的演繹及其相關條件的配置等程序而完成一套具體系且有創意的論說。（周慶華，2004：329）

以上述說明為本，擬出本研究的「概念設定」、「命題建立」、「命題演繹」依序如下：從研究題目《從孤獨與疏離透視時代心靈的變遷——以臺灣現代小說為印證核心》來看，所涉及的內容為「孤獨、疏離、時代心靈、臺灣現代小說」，形成概念一；由概念一欲討論的關鍵字：孤獨、疏離，可再細分出下列幾項：「正向型孤獨、負向型孤獨、高處不勝寒型孤獨、心理疏離、社

會疏離、文化疏離」，此為概念二。

　　依據上列所設定的兩個概念，形成以下四個命題：（一）孤獨有它的本體特徵和不同的類型（命題一）；（二）疏離來自孤獨，並且有三種面向（命題二）；（三）臺灣現代小說前階段所透顯的孤獨與疏離有別於後階段（命題三）；（四）臺灣現代小說後階段所透顯的孤獨與疏離有別於前階段（命題四）。將以上四個命題進一步運用於學校語文教育、讀者與創作者、整體社會等三方面而延伸推論出以下三項演繹：（一）本研究的價值，可以為語文教育增添新的教育內容（演繹一）；（二）本研究的價值，可以提供讀者認知及作者創作的借鏡（演繹二）；（三）本研究的價值，可以作為文化所屬的憑藉（演繹三）。

　　將上述內容加以整理後，建構出本研究「概念設定」、「命題建立」、「命題演繹」關係圖示如下：

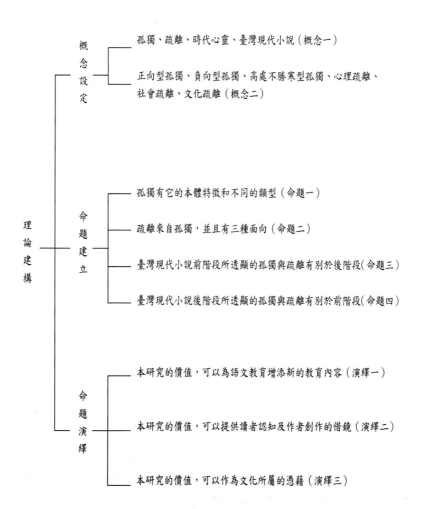

圖1-3-2　本研究理論建構圖

二、研究限制

　　康來新曾在〈隨風而散——試論臺灣現代小說中的失落感〉一文中提到：二十世紀文學的一個重要主題就是孤絕與失落，東方是東方，西方是西方，各有各的文學孤絕與失落，也各有各的形成因素。（林治平主編，1994：61）參考這樣的說法，本研究也希望能透過小說文本的分析，理出時代變遷下人在孤獨與疏離這部分的心靈是否也順應著社會而有所改變。因此，將研究題目訂為《從孤獨與疏離透視時代心靈的變遷》。但時代心靈絕不僅止於「孤獨」與「疏離」兩課題而已，不同的歷史背景、政治局面，再加上不同文化的相互影響，必會有其他種類的心靈（例如失落、焦慮等等）值得討論；但心靈種類太多，能探討的範圍甚大，難以兼顧，何況也大多不是本研究題目主要處理的課題，所以本研究只將時代心靈侷限於「孤獨」與「疏離」兩個重要課題，其他種類的心靈僅能略提，此為本研究的限制之一。

　　除了孤獨與疏離的概念界定之外，本研究另一重點在於對小說文本進行詮釋，但光是小說就有武俠小說、歷史小說、科幻小說等大眾小說的類型；又小說的題材眾多，可以為了表達社會變遷而寫，也可為了抒發個人情志而書，在時空背景的部分即便能建構在歷史故事上，仍會含有虛構的成分而與現實生活有所出入，更別說不同流派所著重的目的不一而導致小說的樣貌、寫法大不相同。基於這樣眾多的選擇，倘若要全面討論實為一浩大的工程，因此本研究只針對較嚴謹的現代小說，挑選與時代背景有

相關且較能看出「孤獨」與「疏離」兩課題的文本為探究對象。又作家的選擇上，因考慮後續運用途徑是希望提供給大眾有機會一探究竟，以致只選擇大家較耳熟能詳的作家，或較具代表性的作品進行討論，無法廣為印證，此為本研究的限制之二。

在語文研究的這些形式學科領域以及技巧和風格等類型規模，在整體研究中又可以有理論建構和實證探索等兩種主要形態。前者（指理論建構），著重在演繹推理；後者（指實證探索），著重在歸納分析，合而成就了語文研究「在世存有」的動態及其靜態成果的樣相。（周慶華，2004：4）本研究無法全面涵括所有作品，僅能在有限的時間及能力下收集相關文獻，設定理論建構以進行詮釋及演繹。又研究題目雖可延伸至校內文本閱讀的教學討論，但因個人未能在校跟班，且無足夠數量的學生能夠進行主題教學的觀察、施測或訪談，也不方便進行讀者在「孤獨與疏離」相關閱讀經驗的問卷調查，所以僅能以理論架構所演繹出的研究成果作為大家參考的方向，無法多方檢證本研究在成果運用上的成效，此為本研究的限制之三。

小說文本、作家群、時代心靈此三部分雖都有著眾多的材料，但在取材上不免有部分受限於個人的生活經驗，未曾經歷過的歲月，僅能選擇性的納入個人所能理解的部分加以闡述。因此，在小說的選擇及詮釋標準上，難免帶有個人主觀意識，而非完全客觀。由於能論述的課題眾多，所以本研究倘若有所不足的部分，只好俟諸日後以專文的方式補齊，以期研究更臻完整。

第二章

文獻探討

　　光語文一門學問，就可細分語言學、語用哲學、文字學、訓詁學等等項目，人與社會的關係之複雜，更非一門學科或三言兩語便可以清楚解釋。倘若要利用孤獨與疏離兩課題來解釋時代心靈的變遷，勢必得先整理出過往已有哪些研究討論過孤獨或疏離，以及又是站在哪一門學科為出發點進行論述；只有整理各方論述後，才能避免研究課題重複探討、了無新意。本章節將針對「孤獨」與「疏離」兩課題進行相關專書、學術論文、期刊論文等文獻的收集，加以整理、分析與批判，希望能歸納出已做過為何，及發現尚未討論且值得深入再探討的課題，為後續研究揭開序幕。

第一節　孤獨與疏離

　　人類是彼此互動的社會性動物，無論我們是獨處或跟別人同在一起，都屬社會的一分子。也因此，我們的想法、感覺與行為隨時都受到人際互動網絡的影響。（艾隆森〔Elliot Aronson〕，

2003：原序v）正由於人類的情感是內隱、直覺、無形的、無法明確使用文字說明出來的，因此其中因情感變化所產生的「孤獨」感覺，以及逐漸與外界產生「疏離」的現象，成了可以感受到它們存在，卻較難具體指出的課題。

　　本研究題目《從孤獨與疏離透視時代心靈的變遷——以臺灣現代小說為印證核心》中，主要會牽涉到的點有「孤獨」、「疏離」、「時代心靈」、「臺灣現代小說」四個部分，第一節針對「孤獨」、「疏離」、「時代心靈」進行相關文獻的收集，有：〈上班族的心靈環保——追求自我實現與自我心靈潛能激發〉（林松茂，2008）、〈大學生孤獨與自我價值感的關係初探〉（王曉剛等，2006）、〈孤獨的情感表現〉（何季芳，2008）、〈變遷中的臺灣民眾心理需求、疏離感與身心困擾〉（周玉慧等，2008）、《臺灣社會宗教信仰與疏離感之研究》（吳奇螢，2008）、《網絡成癮與其孤獨感關係的研究》（劉連龍等，2009）、《網路交友動機與人格、孤獨、社交焦慮和自我揭露的關係》（張雅婷，2008）、《華人文化的咖啡消費之深層心靈隱喻》（宣翔，2008）、《社交孤立兒童的自我探索與表達技巧之學習》（高焜燦，1996）、《社交焦慮與孤獨感之線上聊天行為》（張淑楨，2008）、《青少年孤獨感的特點及其與人格、家庭功能的關係》（李彩娜等，2006）、《探究成人靈性轉化學習——以生涯轉換者為例》（廖淑純，2011）、《論網絡教學中的信息孤獨》（劉宇文等，2002）等。

　　從收集到的文獻中，整理出的關鍵詞有：自我心靈、價值感、信仰衝突、人際互動、民族認同、變遷中的心理需求、家

庭、社會責任等項目。將以上關鍵詞重新整理後，可發現針對「孤獨」與「疏離」兩課題的研究面向，大致都脫離不了個人自我意識的覺醒、家庭提供安全感的必要、人際與社會的維繫與適應、潛意識的終極信仰此四部分。分項訂題並整理如下：

一、孤獨相關的課題

（一）個人自我意識的覺醒

> 存在感是一個人知道他發揮這種作用的能力。（Rollo May，1953：180）

1958年，梅提出：人必須對自己有足夠的了解和認識，並把這種認識作為觀察別人的基礎，以堅強的自我核心為出發，才能在自我與世界之間建立存在感。（引自楊韶剛，2001：82）也就是說，人必須要先有自我意識，體驗到人的存在或感覺到人的自我，努力發現自己的內在力量，學會如何有效地控制自己的生活、發現或重建人生的價值和目標，學會做一個自由的、具有創造性的人，讓自己不陷入失去價值感的焦慮、失望和冷漠之中，才能進而超過時空，審視過去和計畫未來。（同上，72～73）

在《焦慮的意義》一書中，梅認為一個人感受到自己的存在受到威脅時，會產生焦慮感，焦慮沒有明確的對象，人們也說不清楚一個人擔心的究竟是什麼，為什麼會感到焦慮，所以它所

威脅的主要是人的存在價值觀，和潛藏在人類心靈深處難以發現的不確定性，以及無依無靠所產生的孤獨感。（引自楊韶剛，2001：123～130）換句話說，孤獨是一種感覺、是一種精神狀態，必須有自我意識的存在才會有所感覺；又個人無法具體訴說出內心是有多孤獨，但卻可以感受到它的存在。

體認到自我意識存在後，使人一方面把自己看作是自由思維的主體，另一方面又認識到自己是有限、被決定的客體，因此會意識到個人生存的疾病、天災人禍，或是與生命同等重要的精神信念、理想和價值等威脅。因威脅而產生的焦慮在面對人際及社會時，便會有自我價值感產生。（楊韶剛，2001：105）正面的自我價值感是一種較穩定的人格傾向，指個人在社會生活中，認知和評價作為客體的自我（ME）對社會主體（包括群體和他人）以及對作為主體的自我（I）的正向的自我情感體驗；它對個人的認知、情緒和行為具有一種瀰漫性的影響。（王曉剛等，2006）

在國外〈Loneliness and fear of intimacy among adolescents who were taught not to trust strangers during childhood〉一研究指出自我價值感與孤獨存在顯著的相關關係（Francis Terrell, Ivanna S. Terrell, Susan R. Von Drashek，2000）；在〈大學生孤獨與自我價值感的關係初探〉該研究的相關分析中，也說明：自我價值感與狀態、特質性孤獨存在著顯著的負相關關係；在大學生群體中，高自我價值感者更傾向於內控，有強烈的自我信念，在人際活動中表現的較為自信，能形成合理的人際預期。（龔藝華等，

2005）但以上關於自我價值與孤獨關係的研究都建立在：「孤獨
是指個體渴望人際交往與親密關係而無法滿足時，產生的一種不
愉快的體驗」（引自王曉剛等，2006）為出發點，將孤獨的感受
指稱為個體在人際中的渴望所產生的不愉快體驗，著重的是外在
因素對個體內在的影響。

　　反過來從個體為出發點看孤獨與外在關係的角度也大有人
在。例如蔣勳在其《孤獨六講》中提到：

> 生命裡第一個愛戀的對象，應該是自己，寫詩給自己，與
> 自己對話，在一個空間裡安靜下來，聆聽自己的心跳與呼
> 吸。（蔣勳，2007：48）

依蔣勳的說法，當自己可以與自己對話時，外在的東西就會慢慢
沉澱下來，並可從中找到自己想要的解答。還有何季芳在其〈孤
獨的情感表現〉中，也依蔣勳所言為始，提出藝術創作是一種與
自我對話的活動，其認為孤獨是人一生中無可避免的問題，它是
既痛苦又充實的，且是刺激創作的能量。（何季芳，2008）另有
學者也認為孤獨的情境可使人自由的解放想像，深刻的思考與創
作，都是在孤獨裡完成的，唯有在孤獨的情境中，創作者才能見
到真正的自我。（曾肅良，2004）也就是說，人的生命基調是孤
獨的，孤獨感會以不同的姿態，存在於各種不同的場合（何季
芳，2008），甚至會有不同的表現方式，展現出激發自我意識的
潛意識與創造力。

（二）家庭提供的安全感

孤獨感除了是個體的社會關係網絡在質或量上出現缺陷時所產生的一種不愉快體驗（Ami Rokach，2002），它更多的時候被看作是一種主觀體驗，既具有情境性，也受個體的人格、生活經驗和情境等因素的影響。汝科（Rook）認為孤獨感是人格與情景交互作用的結果，與個體的年齡階段密切相關。（Felix Neto, Jose Barros，2003）

依照嬰兒發展的程序，人的第一項需要便是安全感。安全感的獲得，主要來自父母的愛與親切的照顧，讓孩子在家中感到自己是家庭的一分子，有相當地位及自己存在的價值，是一種滿足自尊心的內心安全感。在基本心理獲得滿足的兒童，在心靈上會較有安全感甚或表現出自信；倘若兒童心靈感到無所寄託，便容易心情緊張，易於衝動暴躁，甚至日後產生心理上的病態。也就是說，兒童時代的經驗，對人格的發展和一生有重大影響；倘若兒童時期缺少安全感，便容易養成焦慮的人格，甚至表現出迴避他人、與人隔絕的狀況。（黨士豪，1969：323～324）

家庭心理學的研究者們認為，作為個體生活的主要環境之一，家庭不僅為個體的發展提供物質上的保障，還提供重要的心理和情感支持，個體形成親密友誼關係的能力部分源於家庭。從系統的觀點看，家庭功能運作上的問題可以預測個體心理及情緒上的困擾，如親子關係與青少年的社會適應狀況有顯著的相關，不良的親子溝通對青少年的內隱問題行為和外顯問題行為有很大

影響等。（Ayse C. Uruk, Ayhan Demir，2003）

過去針對個體孤獨感的研究，大多數是探討外部因素（包括家庭功能、同伴關係等）與個體孤獨感間的關係；也有研究者對家庭功能與孤獨感間的關係進行研究，認為同伴關係可能在其中起中介作用。曾有學者提出：家庭在個體青春期前後可以為個體提供親密感體驗的機會、學習社會規範的模式和交流經驗形成的網絡。如果家庭功能的不良發揮、父母的疏遠和不信任將使個體有較高水準的孤獨感。（引自李彩娜等，2006）另外在〈青少年孤獨感的特點及其與人格、家庭功能的關係〉一研究結果更表示：人格類型與家庭功能類型對青少年孤獨感的區分極為顯著。以親子間相互關係融洽、溝通、和諧及關注的民主型家庭中的孩子有相較於冷漠和權威型家庭還低的孤獨感。（李彩娜等，2006）

由以上研究結果可知，家庭功能對個體的孤獨確實具有一定的影響力。這樣的文獻整理結果正好可提供日後進一步討論孤獨相關的課題時，由家庭背景對個體的影響及可能導致主角有何種孤獨表現的討論觀點。

（三）在人際與社會間的和諧

孤獨是一種普遍的、盛行的體驗，已經成為衡量一個人心理是否健康的重要標準，青少年和青年人對其尤為熟悉。有研究發現孤獨感的影響範圍在青少年期達到頂點，並隨著年齡的增長而降低；也有學者指出孤獨的大學生容易感到憤怒、封閉、空虛和困窘。（黃國萍等，2010）

在〈大學新生孤獨感的狀況及疏導策略〉一研究中，提出大學生正處於人格發展的第六階段（18～25歲），這一時期人格特質的發展任務是獲得親密感避免孤獨感，體驗愛情的實現，並融入社會。此說法正符合馬斯洛所提出的需求層次理論，該理論把需求分成生理、安全、社交、尊重、自我實現和審美（超越自我的靈性需求）六項，認為人會由較低層次開始追求，每一個層次滿足了之後，才會再往較高的層次。其中第三層：社交需求，是著重於人際互動、追求穩定感情、尋求陪伴，以被愛和歸屬感為主要需求的階段。第四層：尊重需求則是追求自我的價值感，關心自己如何被他人認知、在乎社會地位及成就感。

馬斯洛的需求理論說明了人類不單只是個體，在滿足個人基本吃喝及安全感之外，進一步需要的便是與人有所互動，從與他人來往的過程中尋找自己的定位，讓自己得以繼續往人生下一階段邁進。又孤獨感的年齡特徵和層次特徵受個體人格發展階段和年齡的影響大，特定的人格發展階段和年齡特點決定了個體有特定的需要，從而可能產生某些特定的孤獨感。（黃國萍等，2010）也因此在學習社會規範和團體互動的大學生，成了孤獨感與人際、社會此一部分較常探討的課題。正如不少研究中所認為的：孤獨感是青少年／大學生心理問題的一個重要的研究課題之一。

例如在〈大學生孤獨與自我價值感的關係初探〉一研究中，便發現在大學生中可以測到穩定的孤獨感，說明孤獨感在大學生中是普遍存在的。（王曉剛等，2006）該研究說明高自我價值感的大學生能有效的應對人際情境與問題，協調好人際期望和現實

之間的差距，獲得社交支持，滿足人際需要，在一定程度上避免和預防了孤獨的發生。相反的，自我價值感低的大學生更多地採用自責、幻想、退避等應對方式，孤獨感居高不下在所難免。（柳春香等，2005）

另有研究發現被同伴拒絕的青少年有高水平的孤獨感和抑鬱（引自李彩娜等，2006），但並非所有被拒絕的個體都會覺得孤獨，許多受歡迎的青少年也有高度的孤獨，說明孤獨感體驗與客觀的被社會拒絕是不一樣的，對孤獨感的考察必須考慮個體人格因素的作用。（鄒泓，2003：73～98）換句話說，並非只有離群索居才會感覺孤獨，在紛紛嚷嚷的群體中，孤獨也會注入人類脆弱的心房。（何季芳，2008）

由以上研究可發現，人們在學習融入團體的過程中，得學習調整自我的立場，摸索出大社會的遊戲規則，以便自身能往人生的下一階段邁進。在達成遊戲共識之前，個體必須先釐清自我在團體／社會中的價值，確認定位後才能減少個體在人群中感到孤獨。也因此，孤獨的課題可從了解社會環境及個體在社群中立足的心理層面兩部分入手，探討二者之間有哪些相互影響的因素，以及造就何種局面或人們的行為表現。本研究第五、六章便將以此課題進行更進一步的論述。

（四）宗教與終極信仰的潛意識

原始民族的生活裡始終都有深層的聯繫可以作為依靠，對眾神、對萬物、對群屬的聯繫。當孤獨是一個人自願選擇時，會

覺得孤獨是好的，但倘若不是自找的孤獨，在渴望社群情境、懷念人際交往的狀況之下，當人想到自己最後將孑然一身走完最後的旅程，這就成了孤獨裡的一個痛苦面。獨居的人，可能連親朋好友都沒人可以告別，沒有這樣的慰藉，宗教的選擇便成了可以滿足人在生命最後一刻需要有人相伴的渴望。（魏蘭〔Joanne Wieland〕，1999：71～77）

又梅也提及：對自己存在的感覺，是透過包含著個體意義和參與意義的象徵而表現出來的，例如參與宗教信仰、實行民主權利、表現社會成功或對祖國的熱愛等等。梅並非認為宗教是絕對的，但他認為可以藉由宗教表現來看人對焦慮如何處理；倘若宗教能給人帶來生活的意義和勇氣，使人確定自己的尊嚴和價值，並使人有勇氣接受自己的侷限性和正常焦慮，那這種宗教就應該成為人生最高的價值，成為人生最終的目標和歸宿。按照他的分析，這或許就是佛洛伊德（Sigmund Freud）為什麼能夠排除重重阻力，執著而勇敢地投身於精神分析研究，以及齊克果（Soren Kierkegaard）為什麼能在孤獨和寂寞之中，在他人的譏笑聲中，成就其哲學偉業，其根本原因在於他們都有堅定的宗教精神作為其精神支柱。（楊韶剛，2001：138～150）

但宗教的課題間接也牽涉到所謂的觀念系統。觀念系統是指一個歷史性的生活團體的成員，認識自己和世界的方式，並由此而產生一套認知體系和一套延續並發展其認知體系的方法。（沈清松，1986：24）這一認知體系既然是由歷史性的生活團體所研發制訂出來的，那麼它跟該歷史性的生活團體所有的終極信仰就

有直接的關聯。也因此，漢民族以「道」為主的終極信仰觀和西方一神教以「上帝」為主的終極信仰觀的巨大差距，也會導致彼此觀念系統的顯著不同。（楊評凱，2011：133）

除了宗教上的觀念差異，在孤獨此課題上，也有學者認為：孤獨感具有不同的社會文化含義（Felix Neto, Jose Barros，2000），國外孤獨感研究的結論不一定適用於我們。考察國內特定的社會文化背景下人們孤獨感的特點，也是可以努力的方向。即便以上論述都說明宗教和終極信仰對個人價值與行為表現上有一定的影響，而受到中西方價值系統的差異，在行為表現可能也會有所不同；但是在現今的研究中，卻尚未有學者提及孤獨與宗教或終極信仰間可能的相關性，疏離的課題倒是有《臺灣社會宗教信仰與疏離感之研究》一學位論文可循。有鑑於此，本研究將在第六章節，藉由臺灣現代小說中的片段，企圖補足此一尚未被論及的課題，試為討論宗教、終極信仰與孤獨間的可能關聯。

二、疏離相關的課題

以謝曼（Melvin Seeman）提出的疏離感層面，包括：無力感、無意義感、無規範感、自我疏離感為主要探討指標（Melvin Seeman，1959），可見疏離感與孤獨課題同樣牽涉到：個人自我意識、及人際與社會間的感受，甚至同樣也關係到宗教與終極信仰的潛意識。因兩課題牽涉到的面向雷同，所以此段文獻探討僅就各研究對疏離感一議題的研究狀況提出簡易的彙整及個人感覺不足處，不再如「孤獨相關的課題」依涉及課題分項細說。

　　新佛洛依德學派學者佛洛姆（Erich Fromm）指出人的疏離具有多種層面，可能與自然、社會、他人、其他事物及工作互相疏離，也可能與自我疏離（自我失去了自我的意識、自發性及個人的自我性），以致於感到自己是陌生人，甚至自己不認識自己。（馬斯洛等，1990）也因此，「疏離感」最常被用來測量人們對於周遭生活狀態的感受，並藉此衡量其身心健康，所以可解釋為：疏離感與個人意識相關。

　　馬立秦曾提到疏離自人類歷史以來就存在了，是人們對於周遭環境格格不入的感受。雖然身處在其中，但是心卻因為某些因素而不在其內，以致無法產生歸屬感或認同感。（馬立秦，1984）此文不但說明疏離是一種個人感受，更點出疏離感產生於與他人接觸的情境之下。另於《影響大學生校園疏離感變項之研究》一研究中也提出：疏離是一種生活中普遍的現象，不過這現象並不是絕對有或無的問題，它涉及感覺、認知以及社會關係，並且是一個程度或方向的問題。（顏若映，1988）

　　在與疏離課題相關的論文中，馬立秦（1984）以性別為分類，提出男性比女性容易感到疏離，教育程度與疏離感呈負相關，在職業種類上不穩定的工作仍會使當中的白領階級產生疏離感，以及經常變換職業、容易遭解僱或被取代的人也常會感到疏離。在顏若映（1988）的文獻整理中提及Raymond也是指出，社經地位對學生的疏離感有顯著影響；社經地位高者，其疏離感是下降的。另顏若映的研究結果還發現大學生族群校園疏離感較強烈的是男生；在國外研究部分，Young、Heussenstamm的研究也是呈

現男生在學校環境中確實有較高的疏離感。（引自廖啟雄，2004）
此外在老年人族群的研究上，陳譽馨（1995）發現男性老人在疏
離感上較高，尤其在政治無力感方面，並且提出教育程度較低者、
收入較低者、社會經濟地位較低者或喪偶者，其疏離感總量較高。

　　但在翁嘉珮（2000）的研究中，卻提出從班級氣氛與學業成
就來看男女高中生在疏離感上的差異，結果並無顯著不同；又家
庭社經地位不同的高中學生，在整體的疏離感上大致無顯著差異
存在，僅在孤寂感層面上，發現中社經地位的學生高於高社經地
位的學生。羅聿廷（2002）的研究結果也發現：單親青少年的疏
離感不因性別的不同而有差異存在，單親青少年的家庭收入與父
母的職業等級均不影響疏離感。廖啟雄（2004）在國小學生的研
究發現上，則是得到性別對整體疏離感無太大差異，僅在自我
疏離感上有顯著的結果。而許忠信（2003）研究老年人的生活型
態、社會疏離感和幸福感，得到不同性別的老人在疏離感整體層
面上無顯著差異。

　　由以上相異的研究可發現，性別與社經地位、收入等變項，
對於產生疏離感並無直接相關。吳奇螢認為對於兩性之間在疏離
的感受上無差異的結果與一般的刻板印象不同。這裡稱為刻板印
象，是基於社會上對男性的期待而使男性有隱性壓力，造成較高
的疏離感，且社經地位不同的問題，在學生對於疏離感的影響上
較難看出端倪；或許可從學生對社經地位的認知去作了解，因為
學生尚無接觸職場環境，對社經地位的體會可能有落差，再者社
經地位本身也是較難衡量的指標之一。（吳奇螢，2008）

後現代社會帶來的包括產業結構、社會結構和生活方式的改變，連帶的對於社會文化和價值也有相當程度的影響。（王振寰，2001：645～671）面對如此變化，有的人在社會適應上似乎產生了問題，但是這不全然是個人問題，而是結構性的。換句話說，個人感受到疏離的程度，也許與性別、社經地位及收入無絕對直接的關係，但與個人所接觸的議題、情境，甚至於社會、文化較有直接關係。

根據馬克思（Karl H. Marx）早期著作的論述，人類本質的扭曲乃是資本主義社會的結構「疏離（或異化）」（alienation）所導致，疏離的結果使人們無法肯定自己，無法感到滿足。（里茲〔George Ritzer〕，1992）例如〈變遷中的臺灣民眾心理需求、疏離感與身心困擾〉中發現臺灣民眾於2005年時因自我實現與穩定安全需求最低，導致社會與人際疏離感最高、身心困擾也最高，這研究正說明個人對疏離的感受是受到社會影響的。

另有其他研究，提到個人對疏離的感受和族群與文化有相關性，例如有研究報告探討前蘇聯移民至美國的中年婦女的文化適應、社會疏離、生活壓力及憂鬱之間的關聯，發現文化適應愈佳者疏離感愈低、疏離感愈低者，家庭壓力與個人壓力均愈低、家庭與個人壓力愈低者，憂鬱度相對愈低。（引自周玉慧等，2008）

至於疏離與宗教的關係，則在《臺灣社會宗教信仰與疏離感之研究》中被提及：宗教信仰是一種心靈寄託，有信仰者對於大環境的變化會依著教義來探索。整體來說，不同信仰類別在疏離感因子中是有差異的：佛教信仰者有較強烈的無力感、無意義

感；其次是新興宗教，而無信仰者反而最弱，基督宗教也較弱。該研究的作者吳奇螢認為佛教與新興宗教信仰屬於制度性宗教，多來自東方宗教，強調「出世」概念，在有系統的教義運作下，人必須不斷的修行以求得善果，因此比較容易造成信徒與社會產生疏離感；相較於此，民間信仰的神祇說來自民間造神，因此在與世俗貼近的觀點下，信徒的疏離感較低。基督宗教則因為來自與西方資本主義社會相同的歷史背景，並強調自己是有力量且擁有「此世的掌控」，鼓勵信徒積極投入社會，因此比較不會造成疏離感。（吳奇螢，2008：70～73）

　　以上文獻探討可發現，疏離的課題相較於孤獨，不論於個人感受、人際關係、與社會的關係，甚至於在宗教的議題方面，都有較完善的研究與論述。但也不難發現過往此兩課題的研究焦點僅止於本人所歸納出的個人自我意識的覺醒、家庭提供的安全感、在人際與社會間的和諧、宗教與終極信仰的潛意識此四大項中的一小部分，僅能知悉小部分特定人群或孤獨與疏離在部分議題上的表現概況，但卻缺乏全面的綜合論述。整合以上個人所提出的四大項，進行大範圍的論述與歸納以補足課題間的空白與連結，是本研究期許完成的目標之一。

第二節　現代小說中的孤獨與疏離

　　人類光輝璀璨的文化，得自於數千年來語言文字的傳承；尤其是千古不朽的文學經典名作，更經歷了歲月的洗禮，空間的轉

移，才能世代流傳。「文章千古事，得失寸心知」，書卷在握就
可以一覽作者的時代背景、學術思想、技巧風格等等。（黃勁連
主編，1991：縣長序）又文學是時代的產物，怎樣的時代就有怎
樣的文學；由於時代的直射，在作家心靈產生折射，就會與時推
移，產生與時代若合符節的文學。（同上，編者序）也就是說，
不論是要了解歷史文化，或是時代心靈的轉變，透過閱讀不同年
代的文本，便能略知一二，甚或能理出一循序漸進的改變歷程以
及影響因素。

一、研究小說的目的

　　學者黃展人在《文學理論》一書中，提出文學是一種社會意
識型態，也是一種審美意識的型態，它不但能反映社會生活的真
實性、表現審美，更可能造成社會作用：提供教育、社會改造、
感化、審美、愉悅等宣傳與交流的功能。（黃展人，1992：32）黃
展人認為敘事性的小說體裁透過人物、情節和環境的具體描繪來
反映社會生活，與其他文學樣式相比，它既可以細緻而多方面地
刻畫人物思想性格、展示人物命運，又可以完整而生動地表現矛
盾衝突，還可以具體而鮮明地展示人物活動的環境。（同上，85）

　　對小說的界定，王安憶在《小說家的13堂課》中對小說提到
這樣的一個疑問：

　　　　小說是什麼？一般我們對小說的要求，常常會以為小說反
　　映真實、反映現實，如果小說所做的是在反映真實和現實

的話，那麼我們為什麼要有小說？已經有歷史學、政治
學、社會學、心理學這麼多學科來直接描述現實了，為什
麼還要小說？（王安憶，2002：9）

這樣的提問，王安憶以俄國流亡作家納布柯夫（Vladimir Nabokov）
對小說的定義起頭：「事實上好小說都是好神話。」對好小說與
好神話的關係，王安憶認為：

當我們觀望原始人的創作時，心裡所追尋的就是一個不真
實的世界，那裡有著不為我們所知的邏輯、規則、起源和
歸宿。有趣的事情在於：當原始人在洞穴裡描畫著變形的
飛禽、走獸、人物，他們原來是在探索與尋找世界的真實
面目。經過漫長的道路，走出迷霧，在一項項科學技術的
發現和發明之後，世界變得清晰、明瞭，藝術也一步步走
向寫實。人們從最初將「知道的」畫下來，變成描畫他們
「看見的」，甚至企圖表現更確切的「看見」。（王安
憶，2002：18）

在王安憶說法裡面，小說的開始其實是從對世界摸索想望的神話
開始，一直到後來科學和民主要求創造「真實」的背景之下，才
產生小說。也因此王安憶認為現代的作家其實也在為小說的現實
能如何呈現而困擾，他們想盡一切辦法，要將小說與真實拉開距
離，企圖從各種理論中尋找途徑，也因此有的人從心理學去找畸

型反常態的人性表現，有的人從相對論中找到時空錯亂的根據，
甚至有部分作家採用了「魔幻」的手法，回到消失的神話中再度
發掘寶藏。（王安憶，2002：19）

　　另一方面，王安憶也認同納布柯夫「小說應當如小說自己
的邏輯來構築、表意和理解」的說法，認為小說的產生是一個人
的，不像別的東西（比如電影）需要結合很多因素，與近代科
學技術合作，且受到社會大眾市場等的要求。對王安憶來說，他
認為小說是一個獨立的人自己創造的，是那個人的心靈景象，是
出於一個人的經驗，也因此帶有片面性。（王安憶，2002：13）
所以他發現在現代的文學中，作出更大貢獻的往往是身處現實邊
緣的作家，比如猶太人、婦女、少數民族、同性戀傾向者、殘疾
者，因為他們所處位置與現實保持一定距離的緣故，比較自由一
些，可以縱情他們的想像，背叛真實和自然。（同上，19）

　　不論是邊緣的作家，或是身處事件核心的作家，基於小說文
本反映社會生活的具體性、完整性和豐富性，倘若可以從小說中
分析出作者筆下刻畫的人物與現實的我們有何種呼應，以及文本
具體描繪的環境與現今有何關係，對研究時代心靈的孤獨與疏離
來說也將有更多從不同的角度窺視此一議題的參酌資料；只不過
論者並未涉及此課題，而有待後續開發。

二、作者投射在小說中的孤獨與疏離

　　正如同王安憶所認為的：小說作品牽涉到個人心靈世界的表
現。在文學與孤獨與疏離的探討中，劉菊便發現作家具有普遍性

的疏離感，其認為作家有意識與無意識的疏離，是創作的必須。經由遠距離的觀望，才可達成對人生本質的認識。也因此他分析詩人顧城和海子兩種不同的聲音，發現詩人們在面對社會即使使用憤怒、控訴、熱愛或叫喊等聲音來表現對社會的關懷，現實生活中其實詩人與社會也同時有很深的疏離感，且無法真正地融入社會，也因此只能站在社會的外面，甚至導致最終踏上自殺之途。但劉菊認為死亡對作家來說不是一種必然，一方面作者透過詩歌向世人展現徹底的純真和深刻的憐憫；一方面則是像飛蛾撲火，以自身引燃生命的烈焰。也因此，劉菊結論出：疏離的永在，導致了詩人乃至作家永在的孤獨以及高貴燦爛的靈魂色彩。（劉菊，2009）

　　在〈人類無可逃避的孤獨──試析庫切小說中的孤獨意識〉論文中，何菲以2003年成為非洲第三位諾貝爾文學獎得主的南非作家庫切（John Maxwell Coetzee）作品為例，發現庫切一系列作品中的人物內心都潛藏著某種無可奈何的孤獨意識，透露對南非特殊歷史和現實背景下，人的生存境遇及精神狀態的客觀寫照，也是作家對南非荒誕現實的深刻體驗和對人類孤獨處境的人文關懷。作家庫切在現實生活的表現與其他作家不同，他歷來沉默寡言，性情孤僻，從不接受記者採訪，與外界交往也很少，是典型的封閉孤僻的邊緣人。有意思的是，他獨具一格的小說中也總是凝聚著濃重的孤獨意識，作品中不少人物也都有孤獨者的生存境遇和性格特質。也因此在作品的藝術表現上，可發現庫切的作品有客觀冷峻的現實主義風格，又有充滿隱喻和象徵的後現代主義特徵。（何菲，2009）

因此，從作者的背景來分析其創作，可發現小說雖含有虛構的成分，但事實是小說反映人生。在素材的來源可能是來自作者的人生體驗，甚至是一生中難忘的片段，例如狄更斯（Charles John Huffam Dickens）的《塊肉餘生錄》大部分是自傳，布朗特（Charlotte Brontë）的《簡愛》則有作者的投影，歌德（Johann Wolfgang von Goethe）的《少年維特的煩惱》則是個人失戀的親身經驗。（張素貞，1986：7）

換句話說，倘若從作者背景看小說創作，小說中的孤獨與疏離便可能是作者心境的一種投射，也許在事件的描述前，作者本身的心態便已含有孤獨與疏離的感受，而導致作品脫離不了這樣的色彩。討論單一文本與作者關係或作者與個人所著小說間的關聯性，此類分析的期刊論文不在少數，但利用孤獨或疏離來論述與作者間關係的文獻資料則較少，例如〈從吳爾芙的《燈塔行》看自我追尋之旅〉（林曉芳，2008）、〈像卡夫卡一樣孤獨——卡夫卡與中國先鋒小說〉（張莉，2009）、〈論《神史》中的孤獨感〉（呂葉，2009）等篇，便是少數以孤獨、疏離為主題，討論作者背景與作品間關係的例子。

三、小說中孤獨與疏離與現實生活的關係

張俊以作者的創作背景為出發，透過解讀安德生（Sherwood Anderson）的《小城畸人》，發現安德生對孤獨主題的表現形式運用了一系列如意象、象徵、夢境等藝術表達手法，將人物安排在遠離文明中心的小鎮上，塑造封閉的環境，大量運用黃昏和夜

晚的場景以及主角們在封閉的窗和房間內活動的狀況,來象徵主角們孤獨的內心世界。又《小城畸人》的孤獨的主題思想,則是安德生企圖從書中設定的角色表現出工業文明的興起,造成人性的異化,在面對傳統生活價值觀念消失與新價值觀尚未形成間感到迷茫與痛苦,在不知如何選擇的情況下找不到生存的意義,而產生孤獨、絕望。(張俊,2006)

整個二十世紀,由於人類物質家園的毀壞和精神家園的失落,孤獨幾乎成了新時期以來小說中的一個主題。李文娜(2010)的論文中便以王安憶作家為討論,從「生存的孤獨」、「情感的孤獨」、和「困惑中的探索」三方面進入王安憶的小說世界,發現其筆下的孤獨是對普遍生態的感悟。例如在小說文本中安排主角陷入窘境,或者走向死亡,表現出人在面對生存環境以及傳統文化間產生的微不足道,即使人類窮盡自己的努力與熱情,可望消融孤獨的痛苦,但得到的不過是暫時性的緩解,從孤獨出發,終究又回到孤獨。這樣的說法,說明了作者透過寫作過程,其實也是在對這社會進行探索,從創作的過程挖掘可能的人性,甚至與社會對話。

這種作家發現社會現象、變遷對人們精神生活的改變,利用新聞報導、書刊評論或周遭熟識的人為素材並加以渲染/營造,為的可能是表達作家對人生社會的特殊看法;又或者是企圖從說故事般的現代小說營造出懸疑、衝突、高潮、緊張等情節,引領讀者再一次的思考人生社會的其他可能。也因此,倘若反過來不以作者背景為主要考量,而是就其文本下營造出來的情境來與當

下的現實生活進行對話，或許也能發現另一種孤獨與疏離的可能，是從讀者與作品對話後產出的情緒，而非作者當初所預設的元素。例如〈閱讀狂潮何以被掀起──幾米繪本在青年中流行的心理學探析〉（孫延軍等，2006）、〈論二十世紀前期英美小說表現的疏離感──以《太陽照樣升起》、《聖馬》、《罪惡的軀體》為例〉（胥維維，2006）等，都屬於由讀者角度反映文本中的孤獨與疏離。但同樣的，這些論述都還僅止於現象面的描述，並未進行深入的詮釋。

四、小說中孤獨與疏離的其他表現

　　除了使用栩栩如生、反映現實生活的寫實手法之外，加入神話色彩的魔幻現實主義，也是小說表現孤獨與疏離的另一種可能。

　　例如胡瑩（2006）利用《百年孤寂》與《白鹿原》兩本作品進行中西方的比較，發現作者都從現實走向歷史深處，從歷史生活以及人心最隱密的深處，尋找著本體民族的群體意識。胡瑩認為此二書都寫到革命以及動亂的情境，帶有一種茫然不為人知的無形神秘力量支配著人們的鼻子去紛爭內耗卻又不知所為，因此他將孤獨的世界分為歷史以及生存兩種，一種是如《百年孤寂》中被歷史籃成的圈，在子孫後代不斷的姓名重覆、性格循環的情境中，主角發現孤獨像一個深不可測的黑洞，需要對生命本質的理解，沉思自身的命運才能想辦法打破循環；另一種孤獨則如《白鹿原》中主角認為無人能理解他，反而宿命論的認為孤獨是一生無法擺脫的無奈。

在〈魔幻的土壤 孤獨的百年──《百年孤獨》與《白鹿原》之比較〉一文論，胡瑩以魔幻寫實的筆法，提出中西方在孤獨議題上的寫作差異，以及發現同樣思考孤獨的議題下，中、西方的主人翁各有不同的表現與關懷。（胡瑩，2006）這樣中西方的比較方式在〈像卡夫卡一樣孤獨──卡夫卡與中國先鋒小說〉（張莉，2009）也曾出現過。這兩篇除了說明透過文本的閱讀，可發現中西方不同的社會文化背景，造成主人翁處理事情的方式有所不同之外，也提供了我們可由中、西雙方的文化背景作為再思的可能。

例如韓麗娟在談二十世紀九〇年代女性書寫狀況的期刊論文中提出：二十世紀九〇年代女性文學個人化寫作很重要的特點就是疏離社會，拒絕被男權社會同化，拒絕社會對女性角色的規範。為擺脫父權制規則，自我覺醒的女性選擇疏離人、社會，從個人化寫作這種逃離的方式尋求心靈的歸屬與庇護。但韓麗娟（2010）另外提到女性雖然向社會選擇了逃離的方式，以書寫的形式在進行著反抗，正因為少了文化重負和社會使命的承擔，造成女性寫作的風格重自我書寫與私人擁有，缺少與外部現實的對話，使得文學表現不但遠離了社會中心，更與政治產生斷裂，甚至陷入孤立無援的境地而產生的自戀、怨影自憐、孤獨等結果。

韓麗娟所提到的女性書寫文化，也是許多期刊論文有在討論的課題。以男性為主的東方社會，如何成功的開始女性自覺，又是受怎樣的文化衝擊所影響，而造成此樣的改變。這樣的女性力量崛起，其實也是另一種對中、西雙方社會與文化理解的課題之

一。很多的期刊論文或許會提出中、西方各一部作品來比較，甚至很多作家會在作品中提到社會文化的變遷帶來的衝擊使人產生無所適從的感受；但少了對外來文化的理解與比較，很多議題僅能停在分析現狀的可能，而缺少再進一步的理解雙方差異與消化彼此達到全新的境界，是較為可惜且值得再議的地方。透過文獻探討所發現的此項不足，將在本研究後續章節再行比較討論，期許能透過臺灣現代小說中人物面對外來文化所產生的內心衝突，加上分析西方文化的價值觀，來發現二者間的差異原因以及造成孤獨與疏離感受的理由。

　　透過小說、孤獨、疏離三主題進行文獻探討，可發現絕大多數的期刊論文，是以「孤獨」或「疏離」或「時代心靈」為單一討論主題，或單一作家文本的析論，或以單一文本來看該時代經驗，缺乏概念性架構來統攝時代心靈的流變、心靈的改變如何使人感受到孤獨、或發現身處疏離，甚至是中、西價值觀的比較。也因此，本研究企圖建構一套孤獨與疏離的概念性架構，希望能依此架構為骨，加上小說文本為肉，構造出臺灣現代社會中孤獨與疏離心靈表現的可能原因，提供未來研究孤獨、疏離等議題的學者參酌；並希望透過此研究加入可能的語文教育，提供教育界的教師、學者們在未來處理學生有孤獨、疏離感受時，能多一份參考或提供適當的文本，以引導學生自我探索的可能。

第三章

孤獨相關的課題

第一節　孤獨的界定

我曾經閱讀了一本內含討論孤寂的書，作者在其序中寫到：

> 再怎麼樂觀的人，也難免會有感到孤獨的時候，應該很少
> 有人終其一生，都未曾品嚐過孤獨的滋味，而寂寞儼然成
> 為現代人的文明病之一，打開網頁隨便在搜尋欄打上「孤
> 獨」兩字，大家或許會驚訝的發現，人們竟然如此的害怕
> 寂寞、恐懼獨處。（凌茜，2010：作者序11）

先不論作者所提的孤獨究竟定義為何，我當真在網頁的搜尋欄輸
入「孤獨」搜尋，不說看見多壯觀的資料筆數，光從網路書店輸
入「孤獨」進行搜尋，便已有上千筆的資料。

　　從出版品中可發現「孤獨」（Solitude）此詞彙的使用上有
漸趨增多的狀況，更在不同的領域被使用，可以是形容詞，也

可以是名詞。例如以探討孤獨為主題的《孤獨六講》（蔣勳，
2007）、漸為風潮的家族書寫《孤獨及其所創造的》（奧斯特
〔Paul Auster〕，2009）、探討心理相關課題的《孤獨的世界：
解讀自閉癥之謎》（徐光興，2010）、剖析創作者的《孤獨的
巴金：如何理解作家》（摩羅，2010）、旅行類雜誌《孤獨星球
Lonely Planet》（希斯〔James Hewes〕，2011）、都市愛情小說《被
愛，卻孤獨》（橘子，2011）等等，甚至在圖書封面介紹、導
讀、書中人物心境刻畫等等，也都有不缺「孤獨」這樣的詞彙：

> 這是一個掘金的世紀，也是一個殊途同歸，走入孤獨的時
> 代，更是許多人引以為傲，卻又心存疑慮的年代。（聞人
> 悅閱，2011：封面介紹）

> 哪樣比較孤獨？是活在自己的世界裡，誰也不愛；還是心
> 裡愛著一個人，卻始終無法向愛靠近？（裘唐諾〔Paolo
> Giordano〕，2009：推薦序1777）

然而，「孤獨」究竟是什麼？在上引凌茜的書中，有這麼樣一
段話：

> 有的人為了不想回到家總是一個人，於是到處尋找短暫的
> 戀情，落得身心俱疲的結果，有些人忍受不對勁的婚姻或
> 感情，只因為怕孤獨、有人靠忙碌麻醉自己，或是吸毒，

　　原因也只因為「空虛、很寂寞、無人了解」。（凌茜，
2010：作者序11～12）

就字面上的理解，孤獨在凌茜說法裡表現的是一種獨自一人的狀
態，但帶有負向的解讀，所以與寂寞的感覺才能相連結。對凌茜
來說，她認為孤寂和寂寞不盡相同：

　　在孤寂中，人可以與自己的靈魂對話；在寂寞中，人則容
　　易被自己的慾望支配。從寂寞到孤寂，是完全不同的境
　　界，也是一種心境的昇華。（凌茜，2010：作者序13）

當然，因為該書是以孤寂為主題，作者將重點放於孤寂與寂寞的
差異，而未能說明孤獨，是讀者可以理解但對研究孤獨的人來
說頗為可惜的地方。也因此我另外找了一本名有孤獨的書來閱
讀，有趣的是同樣談到孤獨，在此書的作者序中，卻轉了個思考
方向：

　　孤獨是客觀、普遍存在的，像我們身體的一個組成部分，
　　沒有什麼值得恐懼，因為我們出生的那天開始，就已經成
　　為一個獨立的個體……真正的孤獨是自己可以控制的，可
　　以在呼朋引伴之後回歸寂靜的狀態，可以在與人高談闊論
　　之後獨自思考，可以在人生低谷時依然用心尋找美好的事
　　物……（李素文，2011：14）

孤獨在李素文的說法裡面，同樣是指一個人的狀態，但卻轉了一個彎不是負面的解讀，而是成為一個人正面的獨處沉澱自己。

從以上兩篇序，可發現「孤獨」同樣有「獨自一人」的意涵，但解讀上卻是相反的，一者認為這詞彙與寂寞同行（與他人相關所造成的心理感受）；一者則解釋成回歸到最初的自己（與他人無關的自我狀態）。由於本研究將討論不同階段的心靈狀態，「孤獨」一詞的用法可能會因為不同的年代而有不同的詮釋表現，在此先對「孤獨」一詞作更明確的了解和界定：

直接從中文「孤獨」來看詞意，《教育部重編國語辭典》修訂本將孤獨解釋為：

> （一）幼而無父和老而無子的人。《禮記・禮運》：「矜寡孤獨廢疾者，皆有所養。」《荀子・王霸》：「百姓有不理者如豪末，則雖孤獨鰥寡，必不加焉。」
>
> （二）孤立無援。《史記・卷八十三・魯仲連鄒陽傳》：「此二人者，皆信必然之畫，捐朋黨之私，挾孤獨之位，故不能自免於嫉妒之人也。」
>
> （三）孤單寂寞。如：「孤獨的滋味，真不好受！」
>
> （教育部重編國語辭典，2011c）

就《教育部重編國語辭典》的解釋來看，孤獨是與孤立、伶仃、孤單、寂寞相似的，都有獨自一人且無依靠的意思（也就是說，

都是和他人有相關的）。利用中文「孤獨」反查心理學詞典，則查到：

Aloneness孤獨感：指遇事無力抉擇，感到少依無靠，得不到別人支持與幫助的失落心態。（張春興，2006：30）

Loneliness孤獨：指缺少親密社會關係的不愉快情緒。（同上，447）

Seclusiveness孤獨性：指參與社會活動與人交往之外，一般人也會有希望孤獨自處不願別人干擾的心理傾向。（同上，660）

Solitude孤獨：指個人主觀自覺與社會隔離的孤立心理狀態。當個人感到任何人際關係滿足不了自己的社會期望時，往往會產生孤獨感。孤獨可分為主動的孤獨與被動的孤獨兩種。主動孤獨是為了滿足某種需求，特意追求的心理隔離狀態，此種孤獨多和宗教的皈依相結合。被動孤獨是被迫或不情願地與他人隔離，他們有可望接近他人的強烈需求，但社會因素使他們無法滿足。（同上，697～698）

可發現《張氏心理學辭典》中和孤獨有關的心理學詞彙與中文解釋同樣有獨處的意涵，在經過整理歸納後，則可清楚的看出：

孤獨是個人主觀的心理狀態，可能是失落的心態，可能是不愉快的情緒，也可能是想排除他人干涉的心理傾向，是個人可以取決正、負表現的心理狀態。

就「Solitude」一詞來說，是源自於拉丁文的「Solitade」，可解釋為「孤寂」「孤獨」、「寂寞」、「冷清」等意義。雖然在西文中，「孤獨」與「寂寞」都可用單字「Soledad」來表示，一般人大多也把二者混為一談，但是事實上二者的意涵，卻不太一樣。

以部分作家對「孤獨」與「寂寞」的詮釋為例：李偉文（2012）認為寂寞是心理狀態，也許身邊滿滿是人，但是卻覺得沒人了解你，就像人們處在擁擠不堪的都市，雖然千百萬人聚在一起，但生活卻感覺很寂寞；相反的，孤獨是物理狀態，說明這個空間中只有自己，例如許多原住民的成年禮中都有獨自一人在森林中渡過幾天的要求，或童軍運動在晉級訓練中（升授銜羅浮），也有守靜的儀式（一個人點著營火在森林中渡過一晚），在荒野大自然裡，形體雖然是孤獨的，卻如同拜倫（George Gordon Byron）所說的：「在孤獨中，激起感情萬千；在孤獨中，我們不孤單。」也因此，李偉文認為孤獨是分離的個體，寂寞則是意識的孤島。

鈕則誠（2001）認為寂寞是落單之苦，例如你想找朋友結果沒下文，掛上電話，希望落空那一刻的心情。而孤獨是獨處之樂，例如朋友約你去玩，但是你告訴他今天很懶，想一個人在家聽音樂，然後關起房門，自己找最大的痛快。

　　吳琬瑜（2000）認為寂寞常常和他人有關，是一個人被孤立起來，或是被大家排擠、拋棄的感受。孤獨則和他人無關，就像自己感覺到牙齒痛，但是別人無法感覺到自己牙齒如何的痛一樣，是每一個生命的本質，也是自己在他人完全沒有干涉的情況下，在天地之間漂流、探索、觀察，來建立對自己生命的一種觀點的狀態。

　　蔣勳（2004）說孤獨是空掉的杯子，杯子空了才可能容納豐富的心事，也才可能被充滿。他認為孤獨是學習和自己相處，清楚地思考自己的存在，感覺自己的存在。蔣勳（2007：55）又認為孤獨和寂寞不一樣，寂寞會發慌，孤獨則是飽滿的，就像《莊子》所說「獨與天地精神往來」中的精神一樣，孤獨重的是「獨」這個圓滿的狀態，是自己與自己、自己與宇宙間對話的狀態。而寂寞，則是在人群中看見人來人往卻無法知道他人心事那樣的感受，是與孤獨完全對立的位置。

　　葛德斯基（Rubin Gotesky）則更直接的說：「孤獨是一種獨處的狀態，它擁有許許多多不同的類型，但是卻不包括寂寞或分離的痛苦在內。」（Rubin Gotesky，1965：236）葛氏強調孤獨的獨處狀態和寂寞感受不同，正如同科克（Philip Koch）所言：「孤獨與寂寞最重要的分野就在於，不快樂的感覺是寂寞固有的一部分，但一個孤獨的人卻既可以是快樂的，也可以是不快樂的。」（科克，2004：47）

　　以上的例子都說明著：「孤獨」是一種意識狀態，人們可以自主選擇是否與其為伍，藉此品嘗孤獨滋味。也因此，在本研究中的孤獨，將採用張春興所著的《張氏心理學辭典》中「Solitude」

的說法：指個人主觀自覺與社會隔離的孤立心理狀態。將「孤獨」定義著重於「個人主觀感受」，將便於爾後處理小說文本中角色應對事情的心境；因為個人的取決，孤獨將可以是正面的表現或負面的感受，是可以因情境而有所調整的心理狀態。

第二節　孤獨的本體特徵

關於什麼叫孤獨，在前一節已將其定義為：指個人主觀自覺與社會隔離的孤立心理狀態。而在前章節處理孤獨的界定時，可以發現孤獨雖然很常被使用，但一般人的使用會將孤獨與寂寞、孤寂此類較負面的詞語產生連繫，並不如作家們那樣擅於分辨寂寞與孤獨的差異。會導致這樣詞彙誤用的狀況，除了對孤獨一詞的界定不清楚之外，也可能是因為對「孤獨」不甚了解，因此釐清「孤獨」的特徵為何，將有助於讀者在進行閱讀時，能進一步劃分孤獨與寂寞、孤寂的差異。

如果說孤獨是個人主觀自覺的心理狀態，那就免不了要先了解所謂的自我意識。早在二十世紀五〇年代初，梅就指出「自我意識是從外部觀察自我的能力，是人的一種本能性特徵」。（梅，1991：64）到六〇年代末，他更明確地指出自我意識是人對自我領悟的一種能力，是人類最基本的特徵；我所以為我，是因為自我意識所產生的經驗，透過這樣的經驗，自我才能領悟到他是擁有這個世界的存在：

> 自我意識使人有能力超越直接具體世界，而生活在「可
> 能」的世界之中，面對這個世界，自我意識為人類選擇多
> 種可能的途徑提供了啟示，它是心理自由的基礎。（Rollo
> May，1969：78）

也就是說，人因為有自我意識這種抽象的觀念，才會用言語和象
徵符號與別人溝通；當人面臨自我、他人或世界時使用這些行為
模式，便會使心理現象變得複雜。

時蓉華在《社會心理學》一書中，寫了這麼樣一句話：

> 在社會生活中，群體與個體、個體與個體間發生相互作
> 用，從而使各體的全部心理活動，不論是認知還是情感，
> 不論是意象還是行為，都或多或少的受到群體和他人的影
> 響。（時蓉華，1996：376）

這句話正說明了：即使我們是個體，但有社會生活，就必定會和
其他個體有關係。換句話說，如果今日我們打從出生就只是自己
一人，一生在整個地球上無其他第二個生命、第二個人，在沒有
「群」的概念之下，相對也就不會有「獨」的感受。

那麼人究竟是先意識到自我才去接觸社會？還是身處群體中
才回頭找尋自我？關於自我意識的發現，奧爾波特（Gordon W.
Allport）曾提出生理、社會、心理此三面向的自我：

首先，在生理的自我中，奧爾波特認為這是自我意識最原始的型態，例如嬰兒剛出生時，不能區分自己與不是自己的東西，對自己的手、腳與周圍的玩具視為同樣性質的東西，直到感受到抓、咬、摸自己的感知與抓玩具的感覺不相似時，才會隱約有把自己作為對象的意識；出生兩三個月後的嬰兒會開始對人笑，說明嬰兒和外界環境有了接觸而發生相互作用；到七八個月時會開始認識父母的形象，或是和鏡子裡的自己玩，但還不知道鏡子裡的形象是自己；一歲半時能知道別人叫自己名字時就是在叫自己；兩歲後能用自己的名字來表達自己的要求，並能理解他人使用「你」這個稱代詞。

其次，社會的自我則發生在三歲到青春期，孩童在這段時期學習接受社會文化的影響，例如玩扮家家酒（企圖體驗成人社會生活），或角色扮演（扮演某個社會角色，諸如醫生、爸爸等都屬於社會角色），並透過扮演的身分進行社會交往活動，以揣摩該角色的心理狀態。甚至到學校中，體認到自己是班級的一個成員，且要接受一定的社會義務（如完成作業、參加勞動、幫助同學），這樣的情境使學生產生焦慮，而設法努力達到師長或同學的期待，間接的影響學生努力支配自己的行為，並儘量符合社會要求，以得到歸屬感和自尊。

再次，心理的自我則是青春期到成年間，從團體中取得地位的「客觀化時期」換到探索自我想法、興趣、理

想的「主觀化時期」，開始著重個人色彩和獨特的人格特徵。可能是指導自己的言行以適應社會，或是追求個體的生活目標，甚或是超越具體的情境，進入精神領域的追求。換句話說，自我意識的發展到最後，使個人逐漸脫離對他人的依賴，表現出獨立性，並強調自我的價值觀與理想。（引自時蓉華，1996：162～166）

　　以上的例子，正說明我們生存在這世界上，打從出生落地開始，便與他人有所接觸。換句話說，我們在團體中出生，雖然是有獨立想法的個體，但卻與周遭他人有所關連。即便「獨」與「群」是相對存在的概念，但對「獨」的理解與追求反而是參與群體生活後才開始回頭企圖理解，例如詢問「我是誰」之類的。而當人開始自我思考的時候，他所需要的便不是別人在耳邊告訴他應該是什麼樣子，反而會是一個獨處的狀態。

　　獨處就一定是孤獨嗎？不。獨處，僅是指獨自居處的狀態，但卻未牽涉到其情緒、思緒等層面。但孤獨的定義不僅有個人主觀自覺，還與社會有相關。換句話說，孤獨除了獨處的狀態之外，還含有個人主觀的心理感受，並且與外界有相關。舉李素文在《有一種孤獨叫自由──享受孤獨的生活藝術》一書中所認為的孤獨為例，她將造成孤獨的原因分成三種：（一）沒有信念：不清楚個人的人生規畫及目標，感到茫然；（二）缺乏社會感：感覺自己在社會中是多餘的人，無法融入其中；（三）缺乏情感：無法與他人建立親密的心理聯繫。（李素文，2011）

就李素文所提出的原因來看，無信念也好，無法與社會、他人連結也好，孤獨感受與否的關鍵都在於「個人」，是取決於個人自我定位以及與他人關係的建立與否，並非他人強迫下所有的感受（倘若牽涉到他人，則關係到「疏離」一議題，李素文所認為的原因中有部分和疏離較為相關，待下一章再進一步討論）。也就是說，孤獨是一種情緒、一種感受，且擁有自主性的。

既然孤獨的感受與自主性相關，那受到個人立場不同的影響，也就無法避免針對「孤獨」的感受有正、負的差異。以提到孤獨的文章段落為例：

> 有個人每天晚上都做同一個夢，夢中他獨自待在一間黑暗的屋子裡，屋中只有一盞微弱的燭光照明，他感到自己孤獨又無助……（凌茜，2011：191）

> 宗教哲學家會陷入巨大的孤獨中，如釋迦牟尼坐在菩提樹下，進入自己的冥想世界，那是旁人無法進入的領域……其思維的世界到底發生了什麼樣的過程，只有他自己知道。在藝術的創作上也是如此，耳朵聾掉之後，貝多芬在沒有聲音的世界裡作曲；莫內在八十歲眼睛失明之後，憑藉著記憶畫畫，他們都變成絕對的孤獨者，是相信自己的存在與思維，世界上沒有人可以理解的那種孤獨。（蔣勳，2007：230）

姑且不論凌茜所舉的孤獨帶有負面情緒或蔣勳所舉的孤獨較為正向（正、負差異這部分和孤獨的類型有關，待下一節再作更詳細的說明），孤獨在主角們身上有共通的一個特性：都屬於「獨自」的狀態。但近一步分析，可發現以上兩段所提到的「孤獨」有不同的元素，凌茜所提及的孤獨有獨自、黑暗、無助等元素；蔣勳則藉由名人的例子說明思維的成就來自於獨自一人專注於所作的事，是外人無法理解的孤獨。從這兩例還可看出孤獨的另一特徵：感受到孤獨的當下，僅有當事人自己所知，例如自己感受到無助、自己與自己對話，是旁人所無法看出或感受得到的。換句話說，除了「自主性的獨處」之外，在感受到孤獨的時候，並無他人涉入。

　　英國詩人米爾頓（John Milton）曾問過：孤獨時，有何快樂可言？誰能獨樂樂？所有獨樂樂的人，到底有何滿足感？針對此一問題，現代作家簡媜在《微醺的樹林》中曾有一單篇名為〈獨處〉的散文，裡頭是這樣寫的：

> 獨處，為了重新勘察距離，使自己與人情世事、錙銖生計及逝日苦多的生命悄悄地對談……獨處，也是一種短暫的自我放逐，不是真的為了摒棄什麼，也許只是在一盞茶時間，回到童年某一刻，再次歡喜；也許在一段路的行進中，揣測自己的未來；也許在獨自進餐時，居然對自己小小地審判著；也許，什麼事也想不起來，只有一片空白，

安安靜靜地若有所悟……再親密的人的談笑風生，也比不

上獨處時不為人知的詠嘆！（簡媜，2006：25～26）

簡媜所描述的獨處，不單單只是獨自居處而已，而是牽涉到個人

意識、情緒，例如檢視自己與人情事物的距離、回憶過去與揣

測未來，甚至帶有自省功能（對自己小小的審判）。尤其是最末

句所述「再親密的人的談笑風生，也比不上獨處時不為人知的詠

嘆」，更與蔣勳在思維孤獨中所提到的「哲學家與藝術家他們都

變成絕對的孤獨者，是相信自己的存在與思維，世界上沒有人可

以理解的那種孤獨」不謀而合，這也正說明著即便我們生活在團

體中，思緒的沉靜終究得回到獨處的狀態，是他人所無法知悉讀

取的。

　　以簡媜的〈獨處〉一文回應米爾頓所疑惑的：孤獨有何快

樂？雖然在簡媜文中並無使用「孤獨」的字眼，但所表現的獨處

不但有「自主性的獨處」以及「意識無他人涉入」之外，更進一

步的，還帶有回顧過去、展望未來的「反省性」。自我內心勘查

距離也好、獨自一人發呆也好，能與自我對話、傾聽自我、釐清

思緒便是快樂的孤獨。換句話說，與其訂下標題〈獨處〉，不如

說是〈對孤獨的體現〉，在獨處的思索中檢視過去、規畫未來

（創新思維）便是孤獨的另一特徵：「帶有反省性」。

　　在科克所著的《孤獨》一書也曾舉例說明孤獨的特徵；梭羅

（Henry D. Thoreau）的《湖濱散記》更寫到「我以一種奇怪的自

由在自然中自在穿梭，似乎成為她的一部分」，除了在湖邊散步

的羅梭是孤身一人之外，從情況來判斷，選擇獨處似乎是出自於
他自己意願：

> 我的世界就侷限於森林之中，只供給我自己享受。矇曨
> 地，可以望見那湖的一端上的鐵路和另一端的公路上的籬
> 笆。大體說來，我孤獨的生活著，彷彿在西部大草原上一
> 樣。我有我自己的太陽，月亮和星星，以及一個完全屬於
> 我自己的小世界。在夜晚，從沒有一個旅行者走過我的房
> 子，或叩我的門。我彷彿是在大地上的第一位或最後的一
> 個人……（梭羅，1999）

就和大多數人在忙碌生活中，會刻意選擇一段與自己獨處的時
間，藉此遠離塵囂，沉澱心靈的經驗一樣。梭羅自主性的選擇獨
處狀態，也說明自由是孤獨成分之一，我們有選擇是否要與孤獨
為友的權利。換句話說，倘若剝奪了所有自由選擇與所有自主
性，孤獨就再也不能被視為孤獨。

同樣地，針對「孤獨是一種沒有他人涉入的意識狀態」部
分，梭羅在《湖濱散記》裡另有提到記錄大自然的內容：

> 為什麼構成這個世界的事物，恰好是我們所看到的？
> 為什麼種種的動物才能做人的鄰居？彷彿天地間的罅隙，
> 祇有老鼠才能填滿似的？

生活在我房中的老鼠，不是普通的那種，傳說那是由外地帶進這鄉間的，這是土生的野種，但在村子裡是找不到的。當我造房子的時候，就有一隻老鼠在屋子下面造了窩，在地板還未鋪好以前，每當午飯時分，牠就到我的腳邊吃食物碎屑，也許牠還未見過人，因此我們不久就十分熟悉了，牠常越過我的鞋子，而且爬到我的衣服上……（梭羅，1999）

這段文字不難看出當梭羅獨自在湖濱散步時，心靈是完全被自然環境所佔據的，通篇文章並未思念誰或是回憶誰，他只專注在與大自然間的對話。也就是說，除了獨處之外，即使有旁人在場，如果我們只沉溺於自我思考時，此時的我們與他人是呈現隔離狀態，這時便可稱為「孤獨」。

更進一步來說，梭羅不但以孤獨的狀態自居，更在體悟大自然後有所反省：

偶爾在春天裡，有人從村子到華爾登湖釣魚外，但往往只釣到極少的魚，所以就很快的走開了……我得到了一個經驗：在任何自然界的事物中，社會通常是快樂和溫柔的，即使是憤世嫉俗和最憂鬱的人。生活在自然界中而具有五官的人，便不可能有很深的憂慮。對健康而單純的耳朵而言，絕對沒有很大的暴風雨，只有風吹出來的美妙的音樂。（梭羅，1999）

梭羅的例子再次說明：在與孤獨相處過程中，除了可以享受一個人的滋味，遠離塵囂，更能換得心靈平靜，進而對事物能有深一層的思考，帶給人們意想不到的收穫。

節末回到一開始所提出的「孤獨」與「孤寂」、「寂寞」是否相同一部分，以學者吳宗益的詮釋說明：

> 「孤寂」，它等同於「寂寞」，是每個人與生俱來的一種不愉快情緒，一種渴望與他人發生某種互動的情緒。如同是條細線，貫穿人生中許多縱橫交錯的層面。它不像「孤獨」那麼具有自主性。
>
> 孤寂的人，受外界人、事、物與所處環境影響，使得他們陷入此種情緒泥沼之中，具有無奈與無助的悲哀。
>
> 對於陷入孤寂的人來說，面對原本樂趣十足的事情，也可能在一剎那間，喪失所有興致，變得索然無趣，甚至像皮球洩了氣，心中僅存無比空虛感……孤寂使得人的知覺特別靈敏，任何一個細小的聲響，就像是放大數十倍的噪音般，令人覺得刺耳無比。此外，孤寂的人常會覺得自己與他人之間，存著一道鴻溝，難以跨越。他們想努力改變現況，可是卻無法如願，最後只能活在自我世界中，並不奢望他人的了解與慰藉。
>
> （吳宗益，2005：23）

根據吳宗益的詮釋，可歸納出孤獨與孤寂的差異在於「自主性」的有無以及「與他人關係」的心理感受不同。

「孤獨」是一種意識狀態，與他人或許有關係，但並不受他人意識的涉入，正如叔本華曾說的一句話：「一個人在孤獨的情況下就會真正成為自己。」重點是自身的體悟，人們可以自主選擇是否與其為伍，藉此品嘗孤獨滋味；而孤寂就截然不同，它是被動的、是人們與生俱來的情緒，也是一種缺乏自主性的情緒表現，孤寂的重點反而不是自己，而是無時無刻都受到外界影響也無法擺脫的一種被迫與無奈的無助感，因此常常伴隨著是一種悲苦與淒涼的感受。

總結來說，孤獨除了定義上「指個人主觀自覺與社會隔離的孤立心理狀態」之外，其特徵有「自主性的獨處」、「意識中沒有他人涉入」、「帶有反省性（或將觀察到的事物賦予新的意義）」，但這也僅能提供客觀的判斷依據而非絕對。

「孤獨」的心理狀態，最主要還是得視個人的意識。在團體中雖然我們有獨立個體的概念，但卻非每一個人都會進一步反思自我與獨處的關係。也就是說，每個人其實都有一個人獨處的機會，但要有「孤獨」體悟的話，則必須含有自我認知的感受與意識到孤獨的狀態，才有進一步討論孤獨的可能。

第三節　孤獨的類型

　　人是群居的動物，大部分的人都希望有人陪伴，害怕孤單，但無論是朋友、情人、親人，都不可能二十四小時守在身邊，大部分的時間，我們仍然必須獨處。面對獨自一人的時刻，是毫無念頭的發呆放空？還是會無所適從的感到害怕？或是感到終於有了屬於自己的時間，而在內心多思索些什麼？

　　面對獨處時的感受正牽涉到我們對「孤獨」此一心理狀態的認知，隨著不同人的經驗、感受與認知的差異，導致「孤獨」一詞在使用上出現了正、負兩極。例如同樣在面對獨處這一狀態：

> 在冬天飄雪的深夜，開著一盞幽暗的小檯燈，握著一杯尚溫的咖啡，看著窗外的雪花飄飄揚揚，那種寂寞的意境再加上屋裡不長進的暖氣，簡直孤獨得要了我的命。（李素文，2011：122）

> 獨處的時候，並不是什麼也不能做的時候，而是什麼都能做的時候，也是最可貴的時候。──葉祥明（凌茜，2010：44）

從李素文的文句間，我們可以感受到對她而言，獨處是如同當時雪花紛飛的冬天一樣，是令人感到心冷、寂寞的，因此她感到

孤獨；但作家葉祥明的句子卻認為獨處是什麼都能做且可貴的時候。雖然後者並無提到孤獨的字眼，但可以知道的是因為他接受獨處這樣的狀態，所以獨處對他來說並沒有寂寞這樣的負面感。舉此兩句為例的用意，僅是要說明同樣是面對獨處卻會因為個人看待的角度和感受不同，而有正面（覺得可貴）和負面（覺得寂寞）的差異。換句話說，孤獨不是一個絕對正面或負面的心理狀態，它牽涉到人的認知，也因此是有類型之分的。

與孤獨的定義一樣，在分類的方法上，其實可以有很多面向，例如《自我影像》一書中，佛洛姆將孤獨分為與地域、人際、自我三大類。以地域來說，他認為地域的孤立有兩種，一種是最單純的孤獨，如生活在偏僻的鄉村，每個人是孤獨的個體（但不太有感覺）；一種則是像大多數的我們一樣，孤獨是躋身於群眾之中，卻感到寂寞的矛盾性孤獨（也就是說，人與人的身體雖然很接近，心靈卻很遙遠）。而人際的部分，則是來自接觸的表面化相關，例如人與人雖然有很多機會相處與來往，但我們通常只知道他人的職業是做什麼的，如大樓管理員、送瓦斯的，卻沒有真正的認識他們。至於個人的部分，則是所謂的孤獨感受，就是「不能享有夢寐以求的心靈與個體的深度契合」，如缺乏家庭的溫暖而產生的孤獨，或是遠走他鄉到外地求職、求學的人所產生的鄉愁，甚至是對自己身分的懷疑，包括「我是誰？」、「我為什麼而活？」、「人生有何意義？」等等。（佛洛姆，1978）

又例如箱崎總一（Shin Yudaya-Shiki Shikoho）把孤獨分為兩種型態，其一是「低孤獨」：在不情願的狀態下產生，使人有寂

寞、困頓卻又排遣不了的情感，是寂寞、困頓、被動、消極的；其二是「高孤獨」：人們為了達到更高一層面的生活目標，需暫時擺脫塵俗的紛擾，使自己能超然獨處，主動面對孤獨，以充實智慧的一種情操。（箱崎總一，1983）

　　將上述兩種分類方式合併討論，可發現佛洛姆的分類其實比較偏「造成孤獨的原因」，由外界（地域）、內外交集（人際）與自我（個人感受）三面向來解釋孤獨；箱崎總一的分類則是清楚的將孤獨拉成一條垂直線，藉由高低之分來區分負面與正面。但不看界定的狀況之下，「低孤獨」與「高孤獨」就字面意思來說，是否會造成閱讀者認為所謂的「低孤獨」是指孤獨的感受較少／較低，「高孤獨」則是孤獨的感受較多／較高？那是否也會延伸出究竟達到哪些條件才屬於低孤獨？哪些屬於高孤獨？孤獨的正、負面情緒差異，該分類於哪端等不夠明確的狀況？又箱崎總一的分類內容雖然已將正、負向度分開兩端，但高孤獨除了主動面對孤獨之外，是否還能有更進一步的表現？

　　基於佛洛姆的分類方式重疊度高不利支解分析、箱崎總一的字面意思可能會導致讀者誤會，以及高孤獨可以再更進一步討論等這樣的思索之下，個人將孤獨依情緒認知分類，分為「負向型」、「正向型」以及「高處不勝寒型」三種，這樣的分類方式不但能使讀者將體認到孤獨而產生的情緒依字面上的正、負作分類，在理解上也能避免箱崎總一的低孤獨／高孤獨使人字面上易解讀成孤獨感受量比較的錯誤狀況。延續箱崎總一所認為的低孤獨帶有負面情緒、高孤獨表現較為正向，與

我個人所以為的高處不勝寒型相互關係建構如下圖前進式光譜所示：

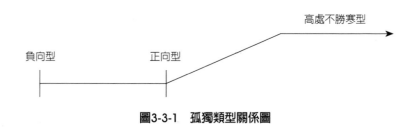

圖3-3-1　孤獨類型關係圖

正如佛洛姆所認為的，我們受到自我、人際甚至地域的影響；又如本節開始所舉的例子，同樣面對孤獨，有的人感到寂寞，但有人卻感到可貴，這都說明了：（一）人雖是獨立個體，但生活卻無法不和他人有關係；（二）即便人是獨立個體，思緒也會因為當下情境、心態的不同，而對同一事物有不同的解讀。換句話說，認知並非絕對，而是會隨當下狀態異動的，個人所設計的孤獨類型關係圖便是基於這種可隨情況游移的概念而產生。三類型分項說明如下：

（一）負向型孤獨

　　箱崎總一的「低孤獨」說的是人們在面對事情較負面的普遍情感，例如對工作感到有壓力、面對失敗感到挫折、環境中有壓迫感、失去目標的惶恐以及家庭關係緊張等等，而有負面情緒的低孤獨發生。這種孤獨感受往往都是與他人互動後產生，是僅屬於自己但旁人無法體會的感受，這時候感受到的孤獨會使自己覺

得與他人有距離，強調的角度是個體用團體概念看待自己的獨自無援的感受，此類的「低孤獨」在本研究將以「負向型孤獨」稱名。

引一段文章來說：

> 現在資訊愈來愈發達了……除了電話以外，還有答錄機、簡訊、傳真機、E－MAIL等聯絡方式……然而，整個社會卻愈來愈孤獨了……不論是打開電視或收聽廣播，到處都是call in節目。那個沉默的年代已不存在，每個人都在表達意見，但在一片call in聲中，我卻感覺到現代人加倍的孤獨感。尤其在call in的過程中，因為時間限制，往往只有幾十秒鐘，話沒說完就被打斷了。每個人都急著講話，每個人都沒把話講完。快速而進步的通訊科技……人們已經沒有機會面對自己，只是一再地被刺激，要把心裡的話丟出去，卻無法和自己對談。（蔣勳，2007：12～13）

從上述引文可發現，針對call in現象，蔣勳感受到社會中的每個人被鼓勵要多表達自己的意見，卻總是無法把話說的完整，無法完整表述自己或了解自己真正想說的話是什麼，這種不能被理解、與團體／他人有所隔閡的感受，便是屬於負面的。可惜蔣勳沒有進一步的去訪問那些call in的人是怎麼想的，也因此「無法讓他人理解」的孤獨是屬於蔣勳透過call in節目所認知的感受，call in當事人是否在掛斷電話後也有同樣不被理解的孤獨感受，則有待

後續有興趣者進一步訪談探究了。但透過蔣勳這段文句，還是可以與現處的生活相連結，現代社會除了每天要接觸很多人事物之外，發達的資訊透過媒體的傳播產生過多的刺激，交通、生活便利、資訊氾濫，都容易使人感受到緊張與焦慮。

在快速變遷的社會中的感受，舉焦桐的詩〈擦肩而過〉為例：

> 關掉這兩扇沉重的門
> 我哄抱一群喧嘩的心事
> 依戀地回到混凝土的身軀
> 今天又有二十萬人和我擦肩而過
> 插滿碎玻璃的圍牆太高
> 一個人在思維裡散步
> 不得其門而入
> （焦桐，1993：7）

這首詩用喧嘩的心事和混凝土的身軀譬喻我們生活在四處都是鋼筋水泥架起的擁擠都市叢林，人們剩下忙碌與空虛所產生的冷漠與疏離感（和二十萬人擦肩而過），因為疏離而感到只剩下自己，而不得他人之門而入的孤獨與無奈。蔣勳提到的孤獨也好，焦桐所寫的不得其門而入也好，他們都在生活中從自己的角度看事件、社會而感受到孤獨，可是也僅止於感受到孤獨，覺得可惜、覺得無奈。因此，我另外將這類有感受到負面情緒卻僅止於

此的狀態歸類為負向型孤獨裡「被動的接受」一區。另有一種「被人劃分的」負向型孤獨，同樣與他人相關，但不是自己主動接觸人群而感受到，而是被他人所排除在外的狀態，例如在校園中很常見的小團體情形，有些無法和他人產生話題的同學會漸漸變成邊緣人，逐漸的於活動邀約、小組討論中被排斥在外，少了說話的機會，更甚者或許變相成了被排擠的苦主。那種想融入卻被拒絕在外的負面情緒感受，是他人間接造成當事人這般的感受，這種例子便和蔣勳、焦桐他們當事人去感受他人是相異的。

但「被動的接受」也好，「被人劃分的」也好，這些孤獨都帶有負面的情緒體認，且都是透過與外界有所互動而有感，也因此「與他人相關」的有無及程度正是負向型孤獨與正向型孤獨間的差異。

（二）正向型孤獨

羅維爾（James R. Lowell）曾說：社會對於性格是有益的，同樣的孤獨對於想像力也是有益的。（堀秀彥，1975：夾頁12）人生無論貴賤賢愚，是無法避免孤獨的感覺，孤獨感會以不同的姿態，存在於各種不同的場合。何懷碩（1998）認為將整塊的人生切開來看，裡面縱橫交錯的層面中，必有一條貫串其中的「孤獨」線。他認為孤獨是人生的本質，是生命的真相，每個生命是一隻孤獨的小舟。蔣勳（2007）則認為孤獨並沒有什麼不好，因為在這個匆忙的城市裡，現代人都是孤獨的個體，人們其實常面臨孤獨的處境，但因為害怕孤獨，所以才使得感受到孤獨時覺得

不好；而事實是孤獨並不可怕，反而造就了社會裡「特立獨行」的個體，因為誠實地面對，而給予社會創發新意的可能。

在箱崎總一所認為的「高孤獨」中，提到高孤獨是人們為了達到更高一層面的生活目標，需暫時擺脫塵俗的紛擾，使自己能超然獨處，主動面對孤獨以充實智慧的一種情操，這種對孤獨認知為正向、可追求的，在本研究中將以「正向型孤獨」稱名。但箱崎總一對於低孤獨與高孤獨中間的過度，並無再細分種類，個人以為在追求孤獨此一狀態前，當事人勢必是對孤獨先有所認知，必須先意識到孤獨的情感，才會有進一步追求孤獨、甚至追尋生命本質的動作，針對此一過度階段與負向型孤獨對照之下，我也對應的分了兩類，分別是「自我察覺的」與「主動的追求」。

舉兩段範文為例說明「自我察覺的」與「主動的追求」的差異：

> 我每天上班的時候，都和很多同事在一起，與孤獨無緣；下了班，街上人來人往……就算我把自己關在家裡，也無法隔除外面嘈雜的聲音……能和外界聯絡的方式太多了，我真的孤獨不起來。（李素文，2011：99）

> 除了氣象和極光的研究之外，我沒有任何重要的目的……有的只是一個人的渴望……渴望獨處一段時間，並且把平和、寂靜與孤獨品嚐個夠，以了解這些情境到底有多好。（Richard E.Byrd，1958：7）

李素文的例子在說一個上班族所體認到的孤獨，從「我每天上班的時候，都和很多同事在一起，與孤獨無緣」這句可看出這位上班族對孤獨並無負面的想法，她不是在人群中感到負面情緒的孤獨，而是可以清楚說出在人群中能追求孤獨，只是他個人受到周遭許多的誘惑而做不到。像這樣的例子，便是正向型孤獨中的「自我察覺」一型，孤獨對當事人來說並非負向的感受，而是可以追求的正向認知，但她也僅止於知道孤獨不壞，但卻少了再進一步尋求孤獨、企圖完成的動作。

　　至於美國海軍少將Byrd在獨守南極一處氣象觀測基地時，在勤務報告中的字句則是透漏對孤獨的渴望，就像何懷碩、蔣勳認為孤獨值得認識一樣；Byrd更明確的說出「渴望獨處一段時間，並且把平和、寂靜與孤獨品嚐個夠」，不同於李素文所舉的上班族僅止於了解，Byrd多了渴望獨處並確切的執行追尋孤獨的動作，便成了正向型孤獨中「主動的追求」一型。

（三）高處不勝寒型孤獨

　　箱崎總一的孤獨分類偏向針對「個人」對孤獨的感受，但有「個體」這樣的意識，是因為身處於「群體」之中，正如史脫爾所言：「一個人如果沒有另一個人可以比較，根本就無法開始意識到自己是一個獨立的個體。」（史脫爾，2009：213）既然個體與群體是相互有關係的，那在進行分類時也不免需將「個體對群體」或「群體對個體」這關係放入考慮之中。箱崎總一的分類

能讓讀者依自身的感受去定位自己屬於低孤獨或高孤獨，但如果孤獨的感受不單只是個人的感受，還關係到身不由己的狀態，那箱崎總一的分類就不夠能承受這樣的狀況。

以特殊身分／地位來舉例：如果今天你是一個老闆或公司高層，處在相對強勢的位置的情況下，身邊的人不是懾於你的權威與你保持一定距離，就是說些拍馬屁的話巴結討好你，這時候的孤獨雖然是被人劃分的，但你並沒有因此而感受到被排擠而不適，只是會覺得自己和他人有距離，或體認到自己與他人在某種程度上是不相同的，這時候就不是「正向型孤獨」或「負向型孤獨」所能擇一歸類的。

又或是以何懷碩（1998）所認為的孤獨來說，何懷碩認為有些時候孤獨是必然的，例如探索追求學問、知識等等，這些過程都需要有克服孤獨的能耐。追求學問也好、藝術創作也好，撇開這些過程是否要與孤獨學會共處不說，做學問的人也許學識已到了相對他人高一階的程度，或說藝術創作的構設已超越了他人能理解的範圍，這些與他人有所距離的孤獨，都不是自己主動去追求或被他人孤立而來的。換句話說，這些都屬於規範程度不符合個人所導致。

這就是說，如果上述例子中的當事人因為程度與他人相異而感受到寂寞、孤寂的孤獨，有負面情緒的產生，那他的孤獨類型就會屬於「負向型孤獨」；倘若當事人僅感受到自己與他人相異，而了解原來這就是孤獨，那僅止於了解孤獨而未再追求的「正向型自我察覺」，也就無法統包此種有自我察覺但非主動追

求也無追求與否問題的狀況。也因此，在我的孤獨分類中另外在正向型之外分出「高處不勝寒型」來處理這類規範程度不符個人需求的狀況，這是在特殊情境之下才會發生的孤獨。

正向型與負向型孤獨都會因個人體悟到一個程度而中止，例如負向型孤獨的人可能走到最後會因為負面情緒過重而選擇中止生命，正向型的孤獨可以從認識孤獨轉而追求孤獨，但也只能在追求孤獨中來回，並非人人都有機會再跳一階進入高處不勝寒型這樣的孤獨情境，因此在關係圖上並無使用單一直線表示，而另闢路徑供高處不勝寒型使用；又高處不勝寒的感覺會因為體認到越多而越清晰，並無終點可設，因此關係圖的最後使用了箭頭（詳見圖3-3-1），以期能表示越往前越高處不勝寒。

孤獨的產生可能是人感覺自己在規範之外和別人不一樣；也可能是無法融入團體規範中而被疏離，所感受到被孤立的孤獨；還有可能是該團體規範程度與當事者不符，導致當事者抽離自我追求孤獨。統整上述「正向型」、「負向型」及「高處不勝寒型」以及影響的類型，在本研究中將「孤獨」分為三種：（一）正向型（自我察覺的／主動的追求）；（二）負向型（被人劃分的／被動的接受）；（三）高處不勝寒型（規範程度不符個人需求）。建構概念圖如下：

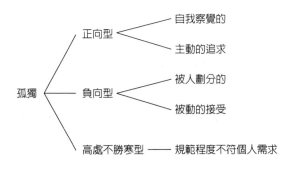

圖3-3-2　孤獨類型概念圖

第四章

疏離的來源與面向

第一節　疏離的界定

在文獻探討中，曾以馬斯洛的需求理論說明：人類不單只是個體，在滿足個人基本吃喝及安全感之外，進一步需要的便是與人有所互動。（黃國萍等，2010）在學習融入團體的過程中，勢必得學習調整自我的立場，以及摸索出大社會的遊戲規則，以便自身能往人生的下一階段邁進。換句話說，在達成遊戲共識之前，個體必須先釐清自我在團體／社會中的價值。

個體在團體／社會中的價值是什麼？任何一個人在社會上或者群體中都會佔據一個特定的位置，社會學家把這個位置叫做「地位」（Status）。地位可以從許多角度來界定，比如說性別、婚姻狀況、年齡、教育程度、職業、種族和宗教信仰等等。當一個人在社會上擁有某個地位時，相應於這個地位，就有一些他所必須遵守的行為準則，這些行為準則的總和，則構成了「角色」（role）。角色所代表的是一個人在特定地位上應該表現的

行為，只要你佔有某個地位，就得扮演相應的角色。從某個角度來說，我們也可以把社會或人生比喻為一個有著特定劇本的舞臺，只要你在這個舞臺上佔有一個位置，你就得按照劇本來扮演這個位置的角色，盡你的本分。（龐建國，1994：146）

　　一般來說，每一個團體都會有一套為人處世的方式和法則，被團體裡的人所採用、接受，這些標準往往是團體裡的人能生活在一起的力量，也就是社會科學家所稱的「規範」（norms）。（阿雷克〔Ronald V. Urick〕，1986：12）但是規範並非所有人都適用，在實際生活中我們的行為表現不見得都能按照社會舞臺的劇本所要求的來進行，甚至有很多時候，我們都承受著「角色期待」（一個角色應該被扮演的方式）和「角色表現」（扮演這個角色的方式），以〈當一天爸爸〉為例：

> 　　夢寐以求的「爸爸」角色終於被我當上了。大家也許不相信：兒子怎能當爸爸？不信，我也要講給你聽。
>
> 　　早上，我爸居然真當上了「懶兒子」，都九點了還在床上睡覺。我名義上雖是「爸爸」，可還是怕爸爸打我！既然不能硬來，那就智取……想到一個絕妙的好主意，於是，大叫一聲：「啊！12點了，上班了！」……不幸的是，爸爸起來是起來了，可馬上醒悟了，不緊不慢地穿著衣服。我本想，事不關己……可又想想，我可是「爸爸」，我可是一家之主，有權也有責，我大吼一聲：「刷牙、洗臉，別磨蹭！這麼簡單的事就不要我多說了。」可

爸爸還在那裡揉眼睛。「別揉，去洗臉！髒手會把眼睛揉壞的。」我一會兒叫「吃飯」，一會兒喊「快點走」……看來，這爸爸真不那麼好當。

　　一天「爸爸」的生涯結束了，我的嘴都磨起了繭，口水滴水無存，但覺得形象不夠高大，因為爸爸幾次說我：「婆婆媽媽，嘮嘮叨叨。」這話似曾相似。原來我就曾經這麼說他……「當兒子多好，誰還當爸爸呀！」我決然地說。當爸爸要起床早些；凡事要想在前頭；言行要十全十美，挑不出毛病。碰上我這樣調皮的孩子，凡事說三遍，不是婆婆也是婆婆了。我今天算是理解爸爸了。（寫作天下編委會主編，2007：174～175）

從這個文本中，可以發現小孩子對「爸爸」這個角色的認知是：一家之主，需負責任的（小孩賴床要叫醒他）、要替孩子健康著想的（不要揉眼睛）、要做孩子的模範（起床早一些、說話要完美）、要多思慮（凡事想前頭）。

　　從上述文本中，我們沒辦法看見小孩的爸爸是怎麼學到這一套當爸爸的標準，但從小孩最後的結語可以知道的是小孩從日常生活被管理的經驗中，認定「爸爸」這樣一個角色就應該形象高大、一肩扛起管理家庭的重責大任。這樣的經驗如果再繼續一代一代相傳後，是不是所有人對「爸爸」這個角色期待也就如小孩所以為的這樣理所當然了？

　　父親的形象，一般都給予小孩（甚至是我們）獨立、冷靜、

有擔當、凡事一肩扛的印象，但非得符合這些既定印象才算扮演好「爸爸」這個角色嗎？如果今天身為父親的不當一家之主、不插手管理小孩，不出外賺錢養家、只想表現出溫和慈祥的樣貌，就不是「爸爸」了嗎？當然，現今社會不是沒有這樣的人，但多數在家不出外賺錢的男人，很容易被人拿來說嘴，諸如「吃軟飯、沒擔當」之類的話語就會出現。

　　也就是說，不管是地位也好，角色認知也好，人在團體中尋找定位的時候，除了自身的選擇之外，有更多的時候是會牽涉到社會認知和受社會規範所影響的，也就是社會學中所提到的「情境定義」（the definition of situation）：指個人所處情境的看法或想法，如果人們把一個情境定義為真實的，並按照這一情境界定去行動，那麼其結果就將是真實的。（伯格〔Peter Berger〕，1982：85）換句話說，一個人在社會中會有不同的角色需要扮演（例如「爸爸」這個角色），在不同的情境裡會面對不同的期望（在小孩眼中爸爸是一家之主、要夠高大且有責任義務），但那些期望與情境很多時候只是前人所建構出來的（小孩看見自己的爸爸這樣表現），或為了符合大多數人的認同（老婆、父母、鄰居、這個社會認為我身為爸爸就應該……），並不是個人摸索後所建構出來的。

　　在這些被社會所營造出來的情境之下，當一個人感到自己在社會大多數人所遵循的規範領域之外，或他的角色表現不符合角色期待，又或者有感自己別於他人而排斥所為的規範時，在失去對規範的認同時，就容易產生焦慮，甚至是所謂的「疏離感」。

　　以上例子所延伸出來的「疏離感」是從社會學和社會心理學角度所作的解讀，重的是人和自己、人和社會，正和新佛洛依德學派學者佛洛姆所認為的疏離相符：人的疏離具有多種層面，可能與自然、社會、他人、其他事物及工作互相疏離，也可能與自我疏離（自我失去了自我的意識、自發性及個人的自我性），以致於感到自己是陌生人，甚至自己不認識自己。（馬斯洛等，1990）

　　提到「疏離」，疏離的觀念最早可以從普羅提諾（Plotinus）的著作及聖奧古斯丁（Aurelius Augustine）和路德（Martin Luther）的神學中可以找到根源；由黑格爾（Georg Wilhelm Friedrich Hegel）看來，疏離是一個本體論的事實，根植於人在世界中存在的本性中；費爾巴哈（Ludwing Feuerbach）和馬克思，則把疏離轉變成世俗的和唯物主義的觀念。

　　馬克思認為，在勞動中認識自己是人的本性，但勞務者欠缺自主性，受經濟制度的影響，使勞務者個人的行為及影響力都受到控制。又人的本性在資本主義下會被矮化，因為人參與勞動是為了維持生存，但「自由意念」與「為生存的工作」二者間卻是相互衝突的。（胡言亂語電視臺，2012）因此，資本主義制度下的疏離勞動是關鍵問題在於勞務者出賣勞力，但生產工具（包括材料、設備及產品）卻是資本家所擁有。

　　在這樣的情況下，勞務者在長期壓榨下便容易發生：（一）人與生產活動的疏離：生產活動被資本家掌握，自己毫無選擇的權利，又勞動不是自發的和創造性的，而是被迫的；（二）因

高度分工的關係，人與產品疏離：勞動者不能控制勞動過程；
（三）人與人之間因敵對的競爭關係而疏離：勞動產品被別人奪
去並用來反對勞動者；（四）人只為賺取工資，對工作失去意義
感，而與自己的潛能疏離：勞動者自己成了勞動市場的商品。
（里茲，1992）

　　但馬克思所使用的「疏離」一詞，在孫中興（2010）的《馬
克思〔異化勞動〕的異話》有提到：馬克思手稿中所使用的是德
文Entfremdung，1970年代時英文翻譯將其翻成alienation，到處都
翻成「疏離」，但是英文alienation僅對應到德文原字中的一個含
意（兩人情感的「疏離」），到1980年代後，針對馬克思所提到
的Entfremdung才改採「異化」這個翻譯（隱含對立在自己之外
的意思，較貼近馬克思所主張的疏離）。但馬克思該詞究竟該如
何翻譯較適切並非本課題要討論的對象，是情感的疏離也好，是
對立在自我之外也好，相同的是：他們的意思都含有與一對象產
生距離的意涵。

　　馬克思這種無法取得自由、工作與自我平衡而產生的疏離
感，在以韋伯（Max Weber）和涂爾幹（Emile Durkheim）等人為
代表的第二種思潮表現得更加明確容易理解，例如韋伯從馬克思
的理論出發，認為資本主義強調的應為「理性化」，努力工作反
而是道德責任，自由取決於個體的決定，以及個人的價值在於工
作中的成就（而不是馬克思所認為的受限於資本家）。倘若是工
作中無法滿足個人的自主性與成就感，疏離感就會產生。（馬立
秦，1984）換句話說，從工作中獲得成就或疏離的狀況，不僅是

工人會感受到，其他社會階層、甚至是白領階級也會因無法掌握自己的工作而感到疏離。

又涂爾幹則是認為疏離感是因為社會失序（anomie）使人無所適從才產生的。他認為疏離主要是人們的生活行為欠缺規範或標準的約制，即使社會中有各種規範存在，仍可能因不同規範之間自我矛盾，以致無法達到社會控制（Social Control）。（馬立秦，1984）或柏格以現象社會學的角度來詮釋疏離，他認為疏離是人與生活實體相脫節而失去可解說的意義。換句話說，「疏離」是人在社會情境之下生活且主觀上的感受，尤其在現代化衝擊著傳統社會的開發中國家，更容易產生此種感覺。

第三種有影響的思潮是由齊克果（Søren Kierkegaard）開始的，他強調主觀經驗比客觀知識更為重要，認為在一個人生毫無意義和悲觀失望的世界裡達到充分的自我意識。（胡言亂語電視臺，2012）換句話說，這階段的疏離表現是從原先個體受外界影響而感受到疏離，轉由個人意識出發看自身與社會的疏離，這也是後來存在主義所討論的議題：「我是誰」、「我為何而存在」等。

從工作出發的觀點也好，由個人為主體看疏離也好，由以上可發現「疏離」的探討除了以社會學的觀點來看之外，還可以從政治學與心理學作為切入，但這部分在此暫不處理，待後續節次裡再行較詳細的說明。

「疏離」在一般口語的使用及理解上，可能是指個人產生不著邊際、懸在半空的感受（例如由於現代社會的觀念轉變的非

常快，所以我懷疑我們將來是否會還有一種能被廣泛接受的準則），或不確定的感受（例如我常在想，今天人們唯一能確定的事情，會不會就是對於任何事物都感覺不確定呢），或和人事物有距離的感受（例如有時候我深深感覺到自己孤身一個被遺忘在這個世界上）。又綜合《哲學辭典》中異化（alienation）與疏離（estrangement）兩詞的解釋：

> Alienation（異化）：源自拉丁文Alienus（異己的）。事物對意識而言成為異己的或陌生的一種覺醒狀態。對事物的感覺從冷淡和漠然轉向厭惡和反感（在此之前對同一事物可能是喜愛、迷戀、友好的）。對意識對象缺乏追求認同感和分享感等性質的特徵。在社會組織內部缺乏為目標獻身的精神，對參與意願持冷漠態度。（安傑利斯[Peter A.Angeles]，2001：12）

> Estrangement（疏離）：源自拉丁文extraneus（疏遠）。對某物保持一定距離的行為，或一個人取消或抑制對某物的情感和信任，或認為這個世界對他表現為不友好的。（同上，131）

以及《教育部重編國語辭典》裡的解釋：

> 疏離：對周圍的人、事、物，不親近、關心。如：「自從畢業後，他和同學漸漸疏離了。」（教育部重編國語辭典，2011d）

> 疏離感：因社會變遷與都市工業化的影響，使人在面對生活環境時，失去其原有的和諧與親密關係，終而形成現代人面對其生活周遭環境時，自覺無意義感、無能為力感、社會孤立感、自我分離感等複雜心態，稱為「疏離感」。（教育部重編國語辭典，2011e）

都可以發現疏離是個人對外在環境及活動有較負面、想逃開且不友善的感受。也因此，本研究將參考李牧從各方論點中找出的類同概念，將疏離界定為既有主體自身經驗的疏離感又含有異己概念的表現：

> 疏離（Alienation），是說明主體在發展的過程種中，經由自身的活動而漸次產生一種疏離，或異於自己的對立面。當這種對立面形成一股外在的，或異於自己的力量時，便會進而轉過頭來反對主體的本身。（李牧，1990：2）

第二節　疏離來自孤獨的概況

《愛、自由與單獨》一書中提到：人一出生就是這世界、社會、家庭及人群的一份子，他沒有被當成單獨的個體，而是被當成社會成員帶大的。整個訓練、教育與文化的結構，正如心理學家所說的「調適」（adjustment），都是在教孩子適應社會及如何適應別人。（奧修〔Osho〕，2002：246）換句話說，即便我們擁有個體的概念，但從出生落地開始就與他人息息相關，成長的學習過程除了會被賦予一定的社會角色之外，大多數的我們被要求跟著社會的規範行事，並要學習自我調適。

然而，並非每個人都能依照社會規範行事，一旦有違所謂的社會規範或與大家所認知的有差異，便會被貼上「怪胎」、「不正常」的標籤，甚至容易被團體取笑、或排除在外。以大家耳熟能詳的童話故事〈醜小鴨〉為例：

在森林的深處有一隻母鴨子坐在她的巢中，她的小鴨子們即將孵出來……蛋一個接一個地開始裂了，但最大的蛋依舊在那兒……終於這枚巨蛋裂開了，但裡頭的小子又大又醜，和其他孩子長得都不一樣……這隻又大又醜的鴨子跟著其他孩子們一起游來游去，第一天過去了，一切都還順利……之後，事情愈來愈糟。這隻可憐的小鴨被所有的小鴨追逐和騷擾，因為他長得很醜又和大家不一樣。大鴨們

咬他，母雞們啄他，餵食他們的女孩也把他踢到一旁……
格格不入的醜小鴨，最後只好離家出走……（朱曉玲，
2005）

從鴨子們和醜小鴨兩方的角度作分析：（一）對鴨子們來說，醜
小鴨是奇怪的、和他們不一致的，因為醜小鴨的身型樣貌不符
合鴨子群的標準，所以嘲笑他、排擠他、欺負他是理所當然的，
誰叫他和我們不一樣（套用社會學來論述，鴨子群表現出來的正
是群眾意識，這裡牽涉到前一節所提到的角色期待，對鴨子群來
說，身為一個鴨子就該有他要長的樣子，像醜小鴨這樣體型過
於巨大又長得和大家不一樣，便不符合鴨子這個角色該有的樣
子）；（二）對醜小鴨來說，在鴨子群中長大的他，被灌輸所謂
「身為鴨子該有的樣子」，導致他也認同自己是因為「長得醜」
所以大家不喜歡他，在無法達成鴨子群（團體／社會）的期待之
下，感到自己與他人格格不入（疏離的一種表現），而選擇離家
出走。除了醜小鴨被灌輸「長得醜」這樣的觀念之外，故事的後
來其實還有這麼一段：「醜小鴨傷心的離家出走後，遇到收留牠
的婦人，但兩三天過去了，醜小鴨並沒有像母雞一樣會下蛋，於
是牠又被趕走了……」這段在婦人家的經驗，則是資本主義下的
概念：社會要求個體需有所貢獻，才能換取一頓溫飽。

　　舉〈醜小鴨〉的例子要說的是，正如同第三章說明孤獨的
本體特徵時，引用奧爾波特對自我意識的解釋：在兩歲前是屬於
生理的自我（把自己當玩具玩，還不具有你我他的辨別能力）、

三歲到青春期後是社會的自我（開始與人互動，學習遵守社會規
範）、青春期到成年後會有心理自我的出現（回頭注重個人色彩
和個人追尋）。我們一路成長過來就好比醜小鴨一樣，對個體的
認知與表現大多數集中在社會的自我一時期，有獨立個體的概
念，但卻以社會的標準為依歸。一旦發現自己不符合團體／社會
的要求或規範，便容易像醜小鴨一樣有格格不入的疏離感，甚至
會逃離群體。

　　換句話說，如果我們並沒有意識到自己存為個體且是和他人
有異的狀態，我們頂多只會覺得自己做錯了、要修正，而不會感
覺到自己不符合規範而有「自己異於他人」的疏離感產生。這時
候，我們只會像以下這個故事中的獅子一樣，感到不以為意：

　　　有一隻小獅子從小出生在羊群裡，被綿羊扶養長大，牠也
　　順理成章地以為自己是隻綿羊。雖然牠也吃素，可是龐大
　　的體型在羊群裡，怎麼看都顯得很特異，不過牠心想也
　　許自己是天生的怪胎，也就不以為意了。（奧修，2002：
　　269）

如果我們只是和獅子一樣不以為意，那我們永遠會以為自己只是
一隻綿羊，也就不會有如同醜小鴨故事的最後：發現自己其實不
是鴨子，而是一隻天鵝。真這樣說的話，那我們不僅不會有疏離
感發生，也不會如奧爾波特所以為的會進一步想要有個人色彩，
甚至更進一步的追尋自我了。

　　回到人與社會來看疏離與孤獨的關係，如同前一節所述，社會就像一個大舞臺，而我們則是這舞臺中的一個角色（意指在特定的社會結構中，處於某個特定的位置時，某人所執行的職能）。在我們執行職能的時候，其他人會假定該角色應該要以怎樣特定的方式行動（也就是角色期待），當一個人同時處於幾個互不相容的地位時（角色間衝突），或當一個角色具有幾個互不相容的期望時（角色內衝突），就會產生角色衝突。（杜加斯〔Kay Deaux〕等，1990：10～11）

　　當社會下的角色產生了角色衝突，便會有疏離感產生。例如大學生從校園畢業進入職場，在生活習慣和人際互動上一時無法轉變過來，感覺脫離學生時期親密依附的團體關係而感到無助，或是無法釐清學生與社會人士兩個身分間的差異，造成角色的混淆，輕者會感到困惑與徬徨而產生不確定的疏離感，嚴重者有可能乾脆把角色拋棄，拒絕接受規範，甚至逃避現實，最後造成憂鬱症等相關疾病的發生。（青青我的寶貝，2011）這樣的例子，除了說明個人定位會對個人造成一定的影響之外，還讓我們知道疏離的表現是建立於個人有個體概念且想為自己定位以避免無所適從的前提之下，才會發生的。

　　從社會學角度來看疏離，可以發現角色認知也好、個人定位也好，在這種大環境之下所延伸出來的疏離感，都是帶有負面、不接受、不樂意的感受。這部分的疏離，容易和負向型孤獨產生連結：因為感覺個人不被社會規範所接受，而產生負面的孤獨感，覺得自己沒有人懂又和他人／團體／社會有距離。也就是何

季芳所提到的：

> 身處在資訊爆炸的時代，不確定的感覺使人不安與無助，
> 工業化及都市化社會的競爭、父母親高度的期待、生存的
> 壓力、死亡等等，人們無法預知下一刻會發生什麼事情、
> 何時會面臨死亡……又生活在充斥著他人、社會所給予的
> 煩惱、焦慮、負擔等外在因素的情境中，人們習慣在自己
> 的內心建築高牆，阻隔與外界的接觸，隱藏自己的思維。
> 導致人與人之間的距離雖然非常的接近，但內在心靈卻
> 相距遙遠，旁人甚至不能瞭解真正的自己。（何季芳，
> 2008）

換句話說，就何季芳的理解是這樣的：她認為人在瞬息萬變的社
會中，因為無法預知下一刻而充滿不確定感，這樣的焦慮是用語
言也無法說明清楚讓他人知曉的，所以在他人無法理解的情況之
下，人會越趨孤獨（負向型），逐漸地在心靈上也會感到與他人
疏離。

　　換個角度從心理學來看疏離與孤獨的關係，心理分析學家
荷妮（Karen Horney）的論點認為焦慮和父母、人際以及文化相
關，有可能是因為童年時父母未能給予足夠的關懷與溫暖，而導
致孩子覺得這個世界是不可靠、無情的；基於這樣的懷疑，孩子
不敢表露自己有被忽略的感受，怕說出來後真正被父母懲罰而遺
棄。這樣的壓抑之下，讓小孩產生焦慮、會害怕，而形成孤獨的

性格（偏負向型的）；又或是在人際關係中，為了隨眾（趨向接受既定的規範），怕自己與他人相異而做出「順從」的行為，但內心卻是焦慮，在這種狀況下人可能會因為害怕處理與他人間的適應關係而選擇「脫離他人」，這則是另一種不希望自己依屬於任何人、也不反抗，只想遠遠躲開他人一人獨處的孤獨（例如一位對參加派對會恐懼自己坐冷板凳的女孩子，她選擇乾脆不去參加，藉此選擇使自己相信自身根本就不喜歡社交活動。又這種孤獨取決於當事人面對該件事情時的感受，所以無所謂正向或負向）。（荷妮，1975）

　　同樣是說明造成疏離的原因，何季芳（2008）是以負向型孤獨為出發，企圖表明人是因為不知如何表達且焦慮而感到孤獨，進而在與他人互動的過程中產生含有負面、不快情緒的疏離感；荷妮（1975）的說法，則將負向型孤獨從光譜上（參圖3-3-1）往中間移動，提出人在面對焦慮的時候，可能會採用無關正負向的孤獨來處理，在這樣狀態下的人會知道自己是獨立且與他人有距離的，是自我選擇以孤獨的方式來面對焦慮，久了也便會與他人／團體有所疏離，但可能是因為焦慮或害怕而有距離，而非不快或被隔離出來的疏離。

　　再更進一步用正向孤獨來看疏離，科克（2004）在《孤獨》一書中便曾引用美國當代哲學家談關於孤獨對社會的價值：

　　　　我想，孤獨本質上是一種帶領，他帶領我們去意識到，我們的在世存有（our being in the world）是一種跟他者（other

beings）並存的存有；它也帶領我們去從事發掘：發掘這
種參與性是如何持續而累積地對我們發生作用……孤獨讓
我們站在一個距離之外去感受他人對我們的強大影響力。
（引自科克，2004：262～263）

他所提及的概念是這樣的：想要充分體驗自我，有時候必須站到
自我之外去，又或者說想要充分體驗人與人之間的連帶性，有
時候也必須跟人群保持距離。因此，在孤獨中我們反而比面對面
更能深刻地體會到別人對我們所具有的力量和意義。（科克，
2004：263）也就是說，我們必須先在孤獨中體認到自我存在，
才會有所謂感受自己與世界上其他人的聯繫性的狀況發生。換句
話說，當我們在無他人涉入的孤獨狀態下思索到個人與社會這種
聯繫性是否重要時，我們就已經置身於社會生活之中了，也因此
才有辦法進一步討論疏離與否。這時候的疏離已不是被劃分出來
的結果，反而是自身跳脫社會框架回頭檢視的表現了。

　　總結來說，疏離的概念是一種具有辯證的過程，它可能是
人主動離開規範後，內心所產生的疏離；也可能是人不符合規
範，反被團體排擠在外而造成的疏離；還有可能是在整個大社會
文化認同不明確而產生的疏離感。和孤獨不一樣的地方在於：會
有他人涉入（不完全是自己可以取決的感受，是會被他人所影響
的）。根據上述，在本研究中主要將「疏離」分為三個層面：
（一）心理的；（二）社會的；（三）文化的：

圖4-2-1　疏離層面概念圖

又孤獨和疏離的辯證關係，在參考何季芳、荷妮和科克所提及的孤獨與疏離概念之下，可發現本研究定義中的孤獨，正是指個人主觀自覺與社會隔離的孤立心理狀態，是先有個人對孤獨的自覺，才會有進一步的疏離感受。換句話說，孤獨可能是人感覺自己在規範之外和別人不一樣；也可能是無法融入團體規範中而被疏離，所感受到被孤立的孤獨；還有可能是該團體規範程度與當事者不符，導致當事者抽離自我追求孤獨。與疏離相互辯證的關係如下圖所示：

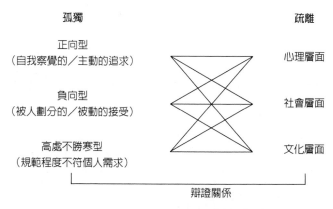

圖4-2-2　孤獨與疏離辯證關係圖

第三節　疏離的三種面向

　　關於疏離此一課題，很多人都引用謝曼從行動者個人立場去探討的疏離，他從社會心理為出發的觀點，提出五種不同的疏離狀態：無力感（powerlessness）、無意義感（meaninglessness）、無規範感（normlessness）、孤立感（isolation）、自我疏隔（self-estrangement）。其中孤立感，又可分為「社會孤立」與「文化疏隔」，成為六個層面。

　　本研究整合了謝曼的六個層面，發現其分類不外乎心理、社會、文化三大層面，分類舉例如下：

（一）疏離的心理層面

　　先以謝曼所提的「無力感」說起，謝曼所提的這個概念起源於馬克思對於工人在資本主義社會中的狀態觀點，認為工人感到資本家擁有生產工具與資本，資本家有權決定一切，他們毫無影響力，因此產生無能為力的感覺。（吳奇螢，2008）換句話說，無不是社會客觀存在的狀態，這種感覺的來源是個人感到無法決定自己行為的結果及周遭發生的事，而且這些都受限於外在某強而有力的安排與操縱，覺得自己無助；又或者從期望的角度來看，個人預期其行為無法決定其結果，或者是在他可以控制的和他想要控制之間的不一致，便會有無力感，進而和事物有疏離。舉個文本片段來說：

有人曾對我道別：「你有些事情想得太多，該在意的卻又總是表現得無所謂。有時候，會讓人覺得有點累……」而我從未將心底的話敞開給任何人知道：「我只是看著，像人們口中的『神』那樣的看。你懂嗎？我只是看著。我見到我的未來，片段的未來……預知，反而使我對當下的恐慌造成更大的對未來的不確定感……身邊的人都將成為過客，而我早就知道了，要我怎麼還能有心思和對方建立起感情……」（格林〔Linen Green〕，2011：2）

文本中的主角跳脫既定的角度看待人與人之間的交際，他看見未來終有一天大家都會彼此變成過客。在這樣的認清之下，導致他當下失去和他人建立感情的興致，這樣的例子便是與他人疏離的一種範例。因為自身理解到不同於他人的道理，進而感到個人的命運不受自己控制，或任何事冥冥之中早由各種外力、命運、運氣、機遇或制度的安排，或體悟到很多事情是既定的結果，類似這樣的無能為力、感到無意義，便是疏離的一種表現。

　　正如馬立秦（1984）曾提到的：疏離自人類歷史以來就存在了，是人們對於周遭環境格格不入的感受，雖然身處在其中，但是心卻因為某些因素而不在其內，以致無法產生歸屬感或認同感。由此我們可以知道，疏離並不是社會直接給予個人的感受（例如一出生和父母接觸就有疏離的感覺），它是個人在社會情境中經驗後，由個人心境所產出的感受（因為經驗到與個人不相

符的狀態，讓自己感覺到和該事物有疏離感）。換句話說，疏離
最根本牽涉到的是個人心理，倘若不是當事人在經驗事物時有與
該事物既定的認知有差異，也就不會有疏離的感受出現，所以可
以確定的一點是：疏離絕對和心理相關。

（二）疏離的社會層面

　　因為個人感受到無力，而有疏離這樣的情形，已說明疏離與
心理相關。接著謝曼便提到他所以為的第二層面「無意義感」：
由於現代社會中的組織越來越複雜，個人無法了解其所處的環境
或是不清楚他應該相信什麼，也就是個人無法在非此即彼的解釋
之間選擇適合的，甚至對於其行為結果的滿意度的期望很低。另
外，因為無法了解工作中的深層意義，只有感到完成一些零碎的
動作而已，所以也不會有成就感。周遭的事物對個人而言，變得
缺乏意義與價值。個人的角色與整個社會的角色系統失去連繫，
甚至會對自己的生活或生命感到無意義。（吳奇螢，2008）由此
可知，無意義感是建立在角色站在社會中所經驗到的，因為感到
沒有意義，相對的便會和該社會項目產生疏離。

　　顏若映（1988）是這麼認為的：疏離是一種生活中普遍的現
象，不過這現象並不是絕對有或無的問題，它涉及感覺、認知以
及社會關係，並且是一個程度或方向的問題。她已提出疏離不
單是感覺與認知，還和社會有關係。又有許多學者從學術研究
的領域來看，發現疏離是一個科際整合的觀念，涵蓋了語言學、
哲學、政治學、社會學及心理學等不同學科的定義。（馬立秦，

1984；顏若映，1988；羅聿廷，2002）換句話說，疏離它牽涉到的不僅是上面所解釋的心理層面，還與「社會」有相關。

疏離與社會的關係，舉一段文本為例：

> 隨著婚姻制度的去神聖化和不再被男女之間共同信任，主體意識抬頭……人們得以憑著自由意志來選擇精卵配種……技術的突破使得「父親」一詞變得陌生……李森是母親卵子和經由醫院人工受精技術所誕生的孩子。父親的角色對他來說是抽象的……隨年紀增長從外界資料和生活中真正遇見擔任父親角色的男性身上，李森才見證到何為父親，可是那本質終究是有距離的……當一個人在社會上找不到一種應該要清楚的認同，他只有不斷地假設，並且套用這個假設到另外一個假設身上……對李森來說，他能在腦海中拼湊出的，沒有父親，僅有一位男性的大致容貌，因為他沒有在父親背上安詳睡著的經驗……（格林，2011：55）

文本中的李森是人工受精出生的孩子，因為他的出生僅是一個精子與母親的卵子結合而來，而無實體「父親」這樣一個人在他的生活經驗中。這先天的因素導致日後他在面對「父親」這一詞彙的理解時，只能靠假設和他人的經驗來建構。換句話說，在「父親」這個角色的認知上，李森是與它疏離的。更進一步說「婚姻制度」，恐怕也是另一個讓李森感到疏離的課題（因為母親並無與他人結連理的婚姻關係）。這個例子所牽涉到的，是社會中角

色認知、角色扮演、社會制度等方面的問題，對李森來說，面對這些他沒有經驗過的課題，不免會產生疑惑甚或感到自己在其中是格格不入的。正因為人從一出生就處於社會的情境之中，在大多數人能認同且遵守這社會的遊戲方式下，並非所有人都只依循一套範本在行事，所經驗的也無法完全與他人一致。也就是說，我們在生活中必定會有無法理解、經驗不到的狀況發生，而與那些情境有隔離的感覺，這也說明了「社會」是疏離課題中可再加以討論的另一層面。

另外，謝曼所提到的「無規範感」，此概念與涂爾幹對疏離的認知類似。對涂爾幹來說，工業革命造成產業的變革，為了成效而採用專業分工的社會情境之下，貿易與生產的機能產生重大的躍進，造成了原有的社會關係的瓦解，導致原有的社會規範體系不再可以作為人與人間的行為準則，造成個人對於社會（或者說是人與人間的互動方面）的疏離（即個人無法在社會中找尋到一種可以依循的安全感），進一步產生了許多的不平等與剝削的情況，進而增加了社會的動盪與不安。（旅人，2006）所以謝曼提出「無規範感」指調節個人行為的社會規範不再有用，社會規範混亂的結果使個人無所適從，個人社會行為的可預期性和規範性的基礎變得有限，甚至必須採取不正當或非社會允許的手段來達成目的，這種對於規範無從遵循而感到焦慮的狀況，也就成了另一種疏離的可能。

小結來說，無規範感的概念可以延伸到多變的社會和心靈狀態，其牽涉到的已不僅是個人與社會，甚至可進一步討論像是

個人的解體、人與人之間相互不信任、與傳統規範的反動，甚至是文化的衰弱等。也就是說，在前一節所建立的疏離層面概念圖（見4-2-1），是就表面來看，心理、社會、文化三層面為並列的；依序談到此，可發現心理、社會與文化此三層面就內在來看，其實是統包的：

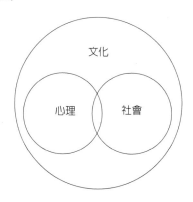

圖4-3-1　疏離層面實質關係

（三）疏離的文化層面

統包心理與社會兩大層面的文化，承上述無規範感所述，當現有的規範無法作為個人行為的指導方針，就有可能進一步導致其思考模式的解構，這便是謝曼另外所提到的「社會孤立感」；也可以說是一種個人對團體歸屬感的失落，不再感到自己是團體的一分子，甚至採用鄙視敵對或反抗的態度。

「社會孤立感」這個概念是指「社會調節」的缺乏，像是溫暖、安全感、或個人社會接觸的缺乏。（吳奇螢，2008）他強調的是個人與所屬社會關係的隔絕，換句話說，個人雖然身處許

多社團與組織中，但其內心是孤獨寂寞的，無法有所認同這樣的疏離狀況，延伸來說，這樣的社會孤立是有可能發展成「文化疏隔」的。換句話說，每一個社會有他自有的社會背景，當我們從一個社會世界進入另一個社會世界時，就會發現兩社會間的差異性，當個人無法調適不同文化間的差異，或與其社會文化或制度等具體及抽象層面脫離與疏遠，疏離的情形就可能因而產生。例如：

> 提姆提起在他青少年時期的一次經驗：某個星期天，一位伊朗的客人來訪，這位克達答里先生第一次來美國，而且才剛到幾天。當他正要進到提姆家中時，提姆正在看橄欖球比賽。這位先生看到之後驚呼：「哇！他們在做什麼阿？他們為什麼要打架？」這名伊朗人對橄欖球一無所知……以致於被電視上播出的這個運動節目給嚇到了。
> （艾隆森，2003：77）

上述的例子，顯然可以看出個人成長的文化是建構基模的一個重要來源，不同文化所給的基模，會影響我們看待世界的方法。當然，提姆這個例子僅能說明文化的差異可能導致人與人之間會有隔閡，他並未進一步寫到該為伊朗的客人在心中是否有何衝突，或在提姆旁邊有無因文化不同而產生的疏離感。當然，這是後續章節會再進一步以臺灣現代小說詳細說明的部分，在此不再多加贅述。

在個人與社會相互對話的最後，謝曼提出了「自我疏離」一層面，他認為感到自我疏離的人會覺得自己像個陌生人，或對四

周的社會毫無興趣。也許是個人在工作中失去內在意義或對工作失去榮耀感（也就是馬克思異化的概念：雖然身處在工作中，卻感到工作本身無意義及無法帶來樂趣，除了僅繫於期待未來的報酬，並不能給予工作者任何自我價值及肯定）；又或是在無法自我實現之餘，個人覺得跟「自我」隔離了（這種與自己失去連繫、隔絕的狀態，可能會產生孤獨、寂寞、無助、被拒、遺棄等感受）。

正如同很多當代的社會學家所相信的：自我疏離感是疏離概念的核心，所有其他疏離的型式最後都會歸結於自我疏離。以《環華百科全書》針對「疏離」所做的說明為例：

疏離現象是指一種與環境的某部分隔離的感覺。可因一個人與另一人或團體、機構、或信仰的情緒結合關係破裂而發生；並且此人會覺得自己失去了從前那種附屬感。有時，這種疏離感甚至蔓延至整個團體的每個分子。

疏離現象產生的原因很多，例如一個團體失去了代表它夢想和希望的領導者時，就會有疏離現象；或是一個小孩發現他素日所崇拜的成人有缺點時也會有疏離現象產生。也可能因為相信某個政治或經濟社會機構與個人無關，而且對某些改變都不起迅即反應時發生。

疏離現象的發生有不同的型式，產生的後果也不相同。被疏離的人會失去自己的方向和具有敵意、感到無助、退縮到他們本身裡去，或是不承認社會建立的價值感。許多社會學家發現到疏離現象與犯罪、心理疾病或

　　選舉冷淡感有關。但疏離現象有時也會出現正的結果如
　　革新、藝術的創造、現代文學的產生。（張之傑主編，
　　1985：212～213）

說疏離是一種感覺也好，或者說它是感覺後的表現也好，總歸來
說疏離都是由個體去經驗及認知社會而發生的，小自個人、進而
入團體、團體中的規範構成小型社會，社會的組成則成為文化。
文化是個涵蓋了大大小小分支的龐大體系，正如沈清松所以為
的：「文化是一個歷史性的生活團體——也就是其成員在時間中
共同成長發展的團體——表現其創造力的歷程和結果的整體，其
中包含了終極信仰、觀念系統、規範系統、表現系統和行動系
統。」（沈清松，1986：24～29）此文化五個次系統的關係圖，
如周慶華（2007）所構：

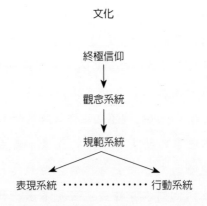

圖4-3-2　文化五個次系統關係圖（資料來源：周慶華，2007：184）

那麼疏離的三個層面，在文化五個次系統中的分布，應會如此表現：

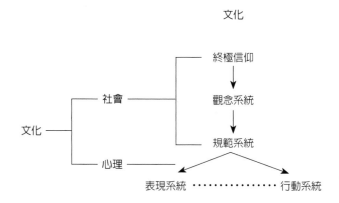

圖4-3-3　文化五個次系統中的「疏離」層面分布圖

至於疏離在各系統間會有何表現？則又是後續章節所要處理的了。

第五章

臺灣現代小說前階段所透顯的孤獨與疏離

第一節　臺灣現代小說前階段中的時代心靈概況

一、文學是反映生活的

　　為什麼要閱讀？很多閱讀的相關研究提到閱讀的「互動性」（包括人和人的互動、人和整體環境的互動等等），認為透過閱讀可以如林美琴（2001）所以為的：閱讀可以打開通往古今中外的門，透過閱讀汲取任何時代的精粹，或是將過去、現在、未來聯繫起來，獲得對人物的洞察力或人生的感應力。也有人把閱讀當作治療心理疾病的媒介，認為透過閱讀可以（一）發展自我概念；（二）了解人類的行為和動機；（三）對個人作自我覺察、自我評價；（四）注意到自身以外的事物和觀念；（五）釋放情緒壓力，減輕孤獨感；（六）協助人們更自由地討論問題；（七）勇敢地面對問題，計畫及執行有建設性的問題解決方案；（八）促進人際關係的覺察和良好互動，提高生活適應力；

（九）了解個人態度和行為模式，發展自我和社會之間的良好互動關係。（王萬清，1999：7～8）但根據王萬清所指出的閱讀，他僅表現出閱讀是一種心理治療的輔助，但閱讀者是否能夠透過文本中所呈現的社會，進而使自己受用，或更進一步擴及與他人互動，則牽涉到閱讀行為的社會性。

杜加斯等（1990：2）在《當代社會心理學》裡有提到這麼樣的解釋所謂的「社會性」：人們經常意識到自己是屬於某種特定的文化、職業或社會群體。因此，即使我們是孤獨一人時，我們的行為也會因為意識到自己在複雜的社會結構中扮演著某種角色而受到影響。這種情況反映了他人的潛在存在。假如我們未能做好工作，假如我們身體外觀發生了變化，或者說我們被逮捕了，我們的反應都會因意識到他人的存在，意識到我們和他人的關係而受到影響。除了杜加斯等這樣說明人對社會的依賴之外，也有些論者認為社會可以是一部小說、一齣戲劇或一首詩裡的「社會」（也就是作家在他的作品中所創造或模仿的社會生活），又或是創造和消費文學的「社會」（在風俗習慣、價值觀念、語言習慣、慣例制度所組成的世界，被文學所創作出來的）等等。（周慶華，2003：23～24）

由以上可發現：（一）閱讀的目的在於與社會有所連結；（二）文學的產出關係到作者的社會經驗（受經驗基模的影響，也就相對會與部分讀者有互動的作用）。換句話說，閱讀是語言活動，除了是認識活動，更是一種社會文化現象，又或者可以這樣說，閱讀是讀者可以晉身為相關社群一分子的作法。

回到文學來說，由於研究文學的人的認知模式不一，他們對創作起源的說法也就各不相同：

> 馬克思主義批評家會認為作品的語言結構反映出生產因素、階級衝突或社會結構；深度心理學批評家就會認為文學形式無非是一些幻想、潛意識情節或原型的表相，至於韻律、行段等小設計無一不附麗於這主要的表意結構。我們常聽人不自覺地引述廚川白村的話，文學是苦悶的象徵。這句話代表一種投射文學觀，就是文學是後設的；後設於苦悶，是苦悶的轉換或翻譯。持這種粗糙精神分析文學觀的人，從事閱讀工作時，就必然會根據這種成見，從後設的作品裡追溯那個原先存在的苦悶；他對形式的認定是如此，對作品效應的解釋也是如此……（張漢良，1992：58～60）

因個人對形式認定的關係而造成的詮釋偏頗姑且不論，回到文學的產出來看，正如馬克思主義批評家所認為的：語言結構反映出社會。文學本質主要由文學自身內部的各項要素相互聯繫、相互作用而決定。它可以與社會、時代、作者、讀者，甚至是審美環境有關。整體來說，不脫兩個層面：一是可做出歷史性言說的現實意義；一則是做出超歷史性言說的審美意識。單就現實意義來說，因為文學是人類精神創造的產物，所以它和其他社會意識型態一樣，都是透過人腦對自然界和社會現實的能動反應。（潘品麗，2011；黃展人，1992：1～26）

　　有些文學或許和歷史沒有直接的關係，但從文本中還是可以看見不同時代、不同國家、時代丰采或各種人物的遭遇和命運差異；又或者有些作品也許不是直接的現實生活描述，而是間接的、幻想的，但也必須基於人有個體的知覺，才能將個體的意識型態描述出來。反映生活整體性的學科，也許不單只有文學一項，也有以為生活領域分析的社會科學，但社會科學雖然同樣以人作為反映對象，卻必須拋開人的具體性，僅針對人類在社會生活中的某一方面作分門別類的探究。例如政治學研究人的階級關係或階級鬥爭、倫理學研究人的倫理道德、心理學研究人的心理特徵等等。和文學所不同的便在於此，文學所反映的，是活生生的人的生活整體。正因為人是一切社會關係的總合，生活在政治、經濟、文化生活中，會有日常生活、個人興趣愛好，以及賴以維生的社會環境與自然環境；又因為與社會有連繫，衣著、工作、道德觀、理想追求，甚至是深層的心靈世界，所以在文學的呈現上，它反映的是一個具體的人在社會生活中的表現，可能是以人為中心面對了怎樣的社會的故事，又或是對象對景物、事件的情感性（這也就牽涉到所謂的審美意識了）。

　　正因為文學牽涉到人，所以也可以這樣說：文學是以人的個體意識覺醒為先導的。沒有對人的自身價值認識和肯定，沒有尊重個性人格的觀念形成，就不可能有文學的創造。（潘品麗，2011；黃展人，1992：1～26）換句話說，我們其實可以確定的是：文學就是社會生活的反映，社會生活是文學的來源。

又小說是一種敘事性的文學體裁,它透過人物、情節和環境的具體描繪來反映社會生活。與其他文學樣式相比,小說的容量較大,既可以細緻而多方面地刻畫人物思想性格,展示人物命運,又可以完整而生動地表現矛盾衝突,還可以具體而鮮明地展示人物活動的環境。既然文學是反映社會生活的,那麼藉由小說所反映社會生活的具體性、完整性和豐富性,或許更能看見社會中的課題以及時代之下的人物心靈在孤獨與疏離上的可能表現。

二、臺灣小說的產生來自於被殖民的記憶

文學是民族的心聲,也是民族精神的靈魂。大凡一個地區的文學,都是描繪著當地民族的形象。在數百年前,臺灣只是原住民生活的獵場,但自十六世紀西方國家海運興起後,臺灣便不只一次的受到西方資本帝國的侵擾,外來的民族為了獲得臺灣的利權,紛紛移入臺灣,先是西班牙、荷蘭入侵,後還有十九世紀初的英、美、法等,但他們也僅是過客,很少留下在臺灣生活的心聲。直到後來福建和廣東地區的人民進入臺灣,把原鄉思想和習俗傳入臺灣後,才開始有描寫「臺灣」的文學。

自古以來一直都很難表現出民族性格的臺灣,是一直到日本人統治臺灣以後,因為當時居住在臺灣島上的多數族群(中國福建和廣東人民)為了要反抗外來族群的文化輸入,才成立以臺灣民族為中心的認同組織和出現表達自己觀念和思想的「臺灣文學」。歷經多族群洗禮的臺灣文學,張錦忠是這麼以為的:

> 國語文學（或者說臺灣華文文學）複系統在臺灣歷經多種
> 變遷，先是明末沈光文入海南渡如普羅米修斯般給臺灣帶
> 來了舊文學／古典文學／文言的系統，一直到清末，這個
> 漢文舊文學系統相當穩定，雖然島上原住民語、西班牙
> 語、荷蘭語、官話、福建話先後或同時通行，可謂眾聲喧
> 嘩。清廷割讓臺灣，日本殖民者給臺灣帶來了日語系統，
> 與漢語並行。但在日據伊始，漢文文學仍居系統中央，來
> 臺日本文人也作漢語文學。日據期間，在北方中國，滿清
> 帝國被革命黨人推翻中華民國建立，立北京話為國語，而
> 知識分子有發起新文化運動，其中白話文運動語文學革命
> 效果最彰，白話成為教育媒介語，也取代文言文成為文學
> 創作語。（張錦忠等主編，2006：67）

研究日據時代小說作品的張明雄，認為臺灣具有現代風格的小
說始自1920年代初期（1922年），直到日本人戰敗退出臺灣為止
（1945年），又中間還有臺灣小說的萌芽期到初步發展期以及成
熟期。（張明雄，序I～IV）他舉例說，日治末期臺灣小說家吳
濁流所著的《亞細亞的孤兒》一書，描寫臺灣人民在經歷長期被
外來文化統治的壓力下，心感苦悶與悲哀，這例子便是作家透過
小說的人物來描述一般人民所遭遇的狀況與心情。（張明雄，
2000：2）

　　就語言的狀況來說，在日治時期初期的階段（約1922年至
1925年間，萌芽期的臺灣小說），因為受到新文化與白話文運動

的啟蒙,已有小說的雛型出現。這時期的臺灣,不同於中國大陸的新文學運動,對中國大陸來說,他們的新文學運動僅要將外表的文體改成白話的語體文即可,可是在臺灣因為環境上要顧及統治者所使用的語文特質,另一方面要配合中國大陸大傳統的方向,在原來使用的文體是文言的和語,而實際上表達卻是閩南用語(或客家用語)的臺灣,如果要配合使用中國大陸的白話文體描寫,不僅無法達成「言文一致」的目標,甚至會有無法用文字表達出自己語言的窘境發生。換句話說,從作家想透過文字書寫生活,但受到語言使用的限制而有言與文的差異經驗中,我們可以推論:既然書寫者都有面臨這樣的語用窘境了,對當時的人民來說在語言溝通的部分,更難免會有與執政團隊(例如日本警察)語言不通、溝通不良的狀況發生。在陌生的民族殖民中,又無法有效的運用語言進行溝通而產生的距離,也或許是另一種疏離及造成個人感到孤獨的可能。

就文本內容來說,在1920年代謝春木寫了〈她要往何處去〉一文,是否為臺灣文學上的第一篇小說雖然仍是許多學者所爭論的,但僅就內容來說,他寫的是以臺灣和日本兩個時空落差為訴求的愛情故事,透過男女三角戀情的變化處理了舊禮教下婚姻制度的迂腐、對不合潮流的制度提出改革意見,並希冀自由戀愛、自主婚姻、男女平權時代來臨,是新文學創立的開始。承襲著謝春木小說所處理的課題,爾後的小說作品則有諷言寓言小說、反諷現實社會、宣示婚姻自由、唯美浪漫情思等面向的創作出現。(張明雄,2000:21)這一時期的作品,有許多處理舊式家庭媒妁婚

姻的課題，主要是受到留日學生對臺灣政治運動或文化改革浪潮的影響，寫作的內容是以諷刺現實政治和反對傳統社會習俗為己任，體例上則有章回體、寓言、神話等方式，特別的是創作語言不一，甚至有使用夾雜日語及中文的狀況發生。這時期的創作，還沒有太大的人物刻畫以及反彈社會壓迫的課題處理，有較多是建立在留學生受到西方文潮的影響，而創作出來的初步社會概況描寫，所以這時期的創作比較偏向寫作者個人的心境，從作品中是否可以看見市井小民的孤獨或疏離，則是可以再多比較。

臺灣小說在一波波社會運動和臺灣語文論爭的刺激下，到了日治中期階段（約1926年至1932年間），大部分文學作品內容開始以政治性的諷刺型態來表明他們對日本人統治政策的不滿，這時期的小說在描寫的形式上，已經脫離了萌芽期作品青澀的寓言式描述，逐漸從思鄉情懷的個人自白進到社會各階層人物的關懷。作品有留學生的生活體驗以及對家鄉情懷的思念、較多的人物刻畫和內心獨白的反思（雖然善用內心獨白型式創作的小說多在七、八十年代後，但在二十年代初期，賴和以及楊雲萍就已經開始會利用小說主角反覆地表達他內心思緒的變化），以及政治和社會的訴求、關心日治時期的三大問題（警察問題、製糖會社問題、婦女問題）、反對不平等的殖民政策和傳統的封建舊習等等，這時期開始有不少作家和作品投入小說的創作行列，以關心民眾、社會、抗日為主。

除了主題的選用之外，這時期的小說語用也有牽涉寫作者的立場的問題（有人使用日式的中國白話文、有人使用臺式

的中國白話文、而有人基於民族認同的立場則使用中國式白話
文）：

> 日據期間，日本人以日文教育同化島上住民，在1930年代
> 甚至禁止臺灣作家以華文創作，遂產生一批以日文書寫的
> 臺灣文學（臺日文學）。舉例而言，呂赫若的小說即以日
> 文書寫……賴和則是拒絕使用日文，楊逵則以閩南語試寫
> 不成，只好用日文創作……（張錦忠等主編，2006：71）

在藝術技巧的表現上則有表露個人心思的抒情、蘊含社會改革使
命感的說教、或刻畫當時期下民眾與政府、警察間的故事（重情
節鋪陳和人物刻畫）。

　　張明雄所認為的日治時期末期（1931年九一八事變到1945年
第二次世界大戰結束），是臺灣文學最受到影響的時期，因為
1931年九一八事變的關係，日本當局為了控制臺灣的抗日組織，
宣布「皇民化運動」明令禁用中文。因為日本政府的對話擴張以
及大量文學的管制措施，導致作家只能用日文書寫，但當時的作
品已有特殊的風格出現：一是延續小說原本的現實主義作風（純
以中文寫作）；二是嘗試新思潮的運用（純以日文寫作）；三是
受到皇民化運動影響的寫作。（張明雄，2000：79～82）

　　這個時期的小說有描寫下層社會的生活奮鬥歷程的關懷社會
型小說（例如林岳峰寫農民生活困苦，只能靠補鞋、拉黃包車等
流動性的工作謀生，心裡嚮往城市，但是到城市看到高樓大廈、

閃爍的霓虹燈、豪華的轎車，反而心中激起忿忿不平）、描寫大自然美景的自然主義小說、描寫陰鬱性格的心思（寫實主義）、或是上班族的內心矛盾（現代主義）、民族認同感的危機（懷疑主義）。（張明雄，2000：157）不同於日治中期書寫明顯的殖民壓迫，末期反而轉向農民與都市人差異這類關心小市民的寫作主題。至於戰爭時期，為了迎合政治現實，出現的「皇民化」小說，在面對民族認同危機以及參與日本決戰的徵調之間，在殖民當局脅迫下所撰寫的文章（無法反對戰爭、反對體制，只好虛與尾蛇），這只是發展其小說主題中屬於變奏的特殊部分，臺灣作家是不是真心響應了「皇民化」的政策？這種必須先失去自己民族特性才能與日本人取得平等地位的悲劇狀況，則又是另外可再探討的部分。

文學（或文學作品）雖然在不同時代、社會，有其不同角色輕重待尋，但「文學能反映部分現實社會」這個性質終究是存在的，差別只在於文學究竟能反映社會多少面向而已。對於臺灣的殖民性格，在外來文化統治的因素之外，被殖民者的主體定位、尋找自己的位置，才是文學除了展示時代所存在且有必要的另一個原因。種族、階級、性別、地理位置等，都會影響「主體」的形成、具體的歷史過程、特定的社會、文化、政治語境，都會對「自我認同」產生決定性的作用。（楊宗翰主編，2002：126）就如同日治時期臺灣小說在文詞的應用上，有日本式的白話文，臺灣式的白話文以及中國式的白話文，或純粹的日語。在描寫技巧上，則是寓言式、寫實主義、社會關懷、自然主義、感覺主

義，以及現代主義等風格。在題材的趨向上，除了早期反殖民與反封建的主題外，還有對情感表達方式的檢討，與對城鄉社會變遷的反思以及對民族概念的認同等主題。

　　既然臺灣是由不同族群所組成，不同族群的自我認同也不相同。因此，也如單德興所以為的：

> 臺灣文學史書寫的多元化訴求，以及對於以往的中心／邊陲關係的質疑、反動與重新考量，都是「去中心」的做法（decentralization）──挑戰原有的中心，肯定自己在「邊緣」的聲音，才能自立為中心。（張錦忠等主編，2006：399）

當人們開始思索被視為共同經驗的殖民歷史時，這些被殖民後的主體，必定會發現充滿著內在矛盾的經驗。例如後來臺灣作家對歷史記憶的重整、重建殖民的歷史，都明確的體認到：是殖民時的記憶也好、被殖民後的心境也好，殖民經驗與記憶其實都存在本土文化之內，甚至延續到獨立之後的發展，這些經驗是不會消失無蹤的。因此，不同世代的人有不同的書寫動機，無論被殖民國家經過多少殖民經驗的箝制，脫離殖民統治後的發展，也有自發自主的可能，我們不需要也不可能讓這段殖民史空白。與其因此喪失民族的自信，不如正視自己曾經在邊緣的經驗，抽離片面的反動與情緒，回歸到主體的認同與建構釐清所來由為何，以便再進一步的往前走去。

三、從臺灣小說的流變看見時代心靈

　　日治時期伴隨殖民政權的入侵，西方文明蜂擁而至，新事物、新價值觀不斷出現，直接、間接衝擊人們的生活。1920年代新舊之間的衝突、矛盾逐漸浮顯，受到國際資本主義經濟恐慌、民族自決政治意識的影響，接受殖民地現代化教育的知識分子，相對於傳統文人的認同意識，開始另一波的認同探索，傳統／現代、鄉土／都會、臺灣／日本、我族／他者等等，該何去何從成為時代關懷的主題，進而鼓動新文學運動的熱潮。

　　在歷史背景的部分，葉石濤曾在〈光復前臺灣文學全集總序〉中談到日治時期臺灣社會型式的演變：「隨著臺灣殖民地社會內部不安的激化，舊文化協會等運動逐漸衰亡，完成了它的歷史使命。跟著抬頭的新一代領導者，已經得到歷史的教訓，深知不流血安得自由的道理，他們接受嶄新的思潮，學習民族運動開展的新方式，摒棄了妥協和迎合。」（引自古繼堂，1996：75）這時候的知識分子，知道抗戰不是使用武力所能解決的，因此轉而採用文學作為抗日鬥爭的一個部分，其中使用了許多的象徵手法，例如用花芽象徵新思想新型式。不談文學手法如何，在日治時期的民眾心靈，是被壓迫、無法出頭天、超越不了天（天皇）的；對知識分子來說，同樣也有著被困住的無奈，他們關心資方與勞工的關係，也有著不知何時才能脫離他者管控的徬徨情緒。整體來說，知識分子的表現是關心社會、出世的。

　　陳芳明曾經主張：臺灣新文學史的建構與分期歷經臺灣新
文學運動的播種、萌芽與開花結果的過程，是經過殖民、再殖民
與後殖民的三個階段；所以他認為臺灣的殖民期有三：第一期
是1895年至1945年之間的日本殖民地統治；「再殖民期」（第二
期）指的是1945年國民黨政府接收臺灣之後至1987年7月戒嚴令
解除的這段期間；「後殖民期」（第三期）則是以1987年7月的
解除戒嚴為象徵性地開端。（陳芳明，2011：24～42）在他的論
點裡面，除了日治時期是殖民之外，國民政府來臺後，也算是殖
民的一種。就如同葉石濤所以為的：

> 臺灣的每一個歷史性階段裡都出現了外來統治者……他們
> 牢牢抓在政治、經濟、教育、社會等一切權利，以維持統
> 治者的利益。在臺灣歷史的每一個階段裡，外來統治者與
> 臺灣民眾之間的關係一成不變，是壓迫者與被壓迫者的關
> 係……也因此，臺灣文學便是被壓迫者的文學，也就是弱
> 小民族抵抗外來統治者而建立的抗議文學……是紮根於
> 臺灣民眾的企求民主與自由的渴望上。（葉石濤，1992：
> 15）

在游勝冠所著的《臺灣文學本土論的興起與發展》中，則寫到臺
灣意識、臺灣文學、和臺灣文學本土論在日本殖民統治時期下發
軔，在戰後初期、二二八事件後消沉式微，歷經五〇、六〇年代

的潛隱期，在七〇年代以後終於覺醒而再興。游勝冠對於「臺灣文學本土論」興起發展的歷史看法是：

> 日據時代的臺灣新文學運動，進入三〇年代，隨著臺灣民族解放運動從中國到臺灣的轉向，基本上已形成自己的臺灣文學視野。戰後這個視野被保留下來，雖然戰後國民黨帶來中國視野，取代了臺灣意識的主導地位，但是經過五〇、六〇年代的潛流，在國共二十年來的對峙中，臺灣與中國實體持續分離，到了七〇年代，新的臺灣現實意識也開始萌芽，潛伏的本土論者在有利的客觀環境中，開始探出再出發的腳步。八〇年代，臺灣社會的歷史主體意識普遍覺醒，臺灣人又開始在臺灣座標尋求臺灣的出路，本土論因此受到重視而得到普遍的認同。（游勝冠，1996：9～10）

無論是語言的流變也好，本土認同意識的興起也好，從以上可以看出的是，臺灣身為一個內憂外患從沒停過的島嶼，日人統治下禁止臺灣人公開使用漢文創作發表也好、國民政府來臺初期的反共意識灌輸也好，總會有陳述生活現況的寫實文學存在著，或是作家抒發自身對時代體制下的感受，又或是企圖讓其他住民也了解到什麼，除了反映現實的目的之外，也可以說是為了生活在那動亂充滿不確定的殖民時期中的人們定位自我立場。

　　光復以前的臺灣，人口膨脹的城市少，整個臺灣猶如一個大鄉村，百分之八十的民眾都靠耕稼為生，所以臺灣可以說是典型

的農業社會。農業主導了社會經濟的步驟，豐收與歉收都能決定民眾的命運，所以很多作家以農民作為文學的題材，寫農民的生活細節和與靠大自然吃飯的經驗，透過農民和農村的描寫，表現的其實是反帝、反封建的意識形態。但畢竟還是有某種程度的社會意識是要表達，在作品中的孤獨與疏離呈現上，有更多的其實是作者本身的抒發，可能是抨擊農村的封建陋習或地主家庭的腐化，間接的也就缺少真正農民日常生活細膩真實的刻畫，也因此在農民心境是否有感孤獨與疏離，因牽涉到作者的投射，也就相對不那麼客觀。

　　總體來說，從早期先民橫渡黑水溝，歷經千辛萬苦到臺灣的開拓時期，離家背井、拋家棄子導致他們既無奈又無助且在工作之餘特別想念家鄉種種的心；到日本據臺的殖民時期，整個臺灣本土文化受到了日本文化的強烈影響，小自名字的修改，大至教育思想、政治經濟接受衝擊，轉成悲傷、愁苦、抑鬱的心；一直到國民政府來臺，反攻大陸的口號頻傳，離鄉背井的沈鬱蒼涼。人民一方面剛從日本人手中脫離，一方面又得適應接手的國民政府，再者還要背負反共的使命，從日據的殖民陰影到消除再到與同族的謀合，整個臺灣前階段的心靈在膨脹的解放感和對祖國統治者的質疑與批判下，是徬徨、無助且迫切渴望明確定位的。

第二節　負向型孤獨與正向型孤獨的綜合體現

一、孤獨於日治殖民時期文學中的表現

　　日治中期階段（約1926年至1932年間）這個時期的小說主
題，因為正值社會運動的蓬勃發展期，作家的寫作重心紛紛以反
抗日本殖民政策為主。而後因為日本統治者在臺灣進行開發，大
量扶植大企業家購置土地，實行資本主義政策的關係，使得臺灣
內部貧富問題擴大，受到社會主義思潮影響的作家們以農村社會
的生活困境為刻畫對象，開始另一種以都市中勞動者生活悲劇為
題的小說。

　　臺灣寫實主義的誕生，孕育於1920年代的賴和筆下，把殖民
地社會的各種重要主題都寫進小說中，例如資本家的醜惡嘴臉、
被剝削勞工的可憐境遇、資本主義與帝國主義結合後的跨國掠
奪、知識分子與日本學生聯手的國際反抗行動、臺灣人回歸鄉土
的道路等等。（林春成等編輯，1995：287～289）

　　出生於彰化，原名賴河的臺灣新文學之父賴和，他出生的
那一年（1894年）正是中日甲午戰爭，臺灣歷史發生轉折，陷入
「仰事俯畜皆不足，淪做馬牛膺奇辱。我生不幸為俘囚，豈關種
族他人擾。弱弱久矣恣強食，至使兩天平等失」的關鍵性與悲劇
性的一年。總括來說，賴和在世的年代，大約是臺灣受到日本強
權酷虐的五十年。（高天生，1994：27）

　　出生於舊式家庭的賴和，幼時先入私塾接受漢文教育，後來不得不進入學校接受日式教育。在接受新文化思潮的影響下，他主要發表的作品所表現的，大致可歸類為三個類型：（一）舊社會習俗的敗壞；（二）被屈辱的人民；（三）弱者的奮鬥。舊社會習俗的敗壞是表達對文化革新、社會進步的要求；被屈辱的人民是呈現殖民地人民被壓迫、被搾取的景況；弱者的奮鬥則是伸張被壓迫人民的反抗意志和不屈服的精神。

　　但賴和的小說畢竟是為了揭露民族矛盾和批露剝削者（日本警察）的醜惡行徑，所以很多研究者所看見的，是賴和筆下的人物像我們整個民族的代表，不是被奴役就是在受辱。就日治時期來說，我們回頭在檢討當局對人民的壓迫，以及人民因為受到如何不平等的待遇而心生恐懼、無奈之餘，人物也好、事件也好，其實都是一體兩面的，當我們在說執政者如何壓迫人民的時候，可曾有人跳脫這樣的模式，反過來檢視執政者的角度和心態，則是我所好奇的。

　　以〈不如意的過年〉為例，這篇小說講的是一個日本警察，因為過年收到的年禮過少，而覺得自己是不是被人民看不起，進而在鄉里間找人民麻煩。

　　這麼一篇小說，在葉淑美的認為裡，她認為〈不如意的過年〉是運用嘲諷手法，抨擊日警欺壓善良百姓的小說。作品中的警察大人，因在過年時所收到的「御歲暮」（年禮）過少而遷怒於勞苦大眾，於是假借權勢：「對於行商人取締的峻嚴，一動手就是人倒擔頭翻；或是民家門口，早上慢一點掃除，就被告發罰

金；又以度量衡規矩的保障，折斷幾家店鋪的『稱仔』。」她還認為文中日警運用各種手段，意圖激怒老百姓，好用妨害公務的罪名進行更大的迫害，來使人民懼怕，以便從中收賄撈取好處。然而，他的詭計並沒有成功，因為綿羊一般柔馴的人們「受到他嚴酷的取締，也如從前一樣，很溫馴地服從，不敢有些怨言，絕不能捉到反抗的表示。」失望之餘的查大人，禁不住大罵臺灣老百姓都是「豬，一群蠢豬！」全文以諷刺而挖苦的筆觸，剖析警察的統治心理，為了他心理的不滿，他以為應維持他的尊嚴，發揮他的無上權威性，是非常必要的。因此，他更加兇狠地虐待大眾、欺凌他們，置他們於死地才能報償他權威上的失望。（葉淑美，2005）

古繼堂在分析〈不如意的過年〉時，也類似葉淑美的觀點，認為賴和此篇小說是採用新的角度，透過解剖一個日本警察卑鄙骯髒的內心世界，暴露了佔領者罪惡的醜態。同樣一段「對於行商人取締的峻嚴，一動手就是人倒擔頭翻；或是民家門口，早上慢一點掃除，就被告發罰金；又以度量衡規矩的保障，折斷幾家店鋪的『稱仔』」，在古繼堂的認為裡，覺得取締商人這個行為是日本警察因為自己心裡作威的醜陋內心活動而表現出來的行為。在小說的最後，日本警察上街抓賭，可是賭徒們聞風而逃，只剩下在現場卻無辜的小孩。在日本警察詢問小孩的過程，文本裡是這樣寫的：「查大人自己，也覺對這兒童有些冤屈；雖是冤屈，做官是還是官的威嚴要緊，冤屈只好讓他怨恨他自己的命運。」這個部分在古繼堂的分析則是：把日本警察的蠻橫無恥、貪婪又殘暴的形象描寫得入木三分。（古繼堂，1996：47）

　　或許日治殖民時期，確實有許多人民被壓迫的無奈，但同樣的一篇〈不如意的過年〉卻讓我看到與葉淑美、古繼堂不同的地方。對關心社會的學者們來說，他們看見的是賴和如何運用諷刺的寫法，反寫日本警察為了逞自我高高在上的心理而表現出的骯髒手段，可是我從此篇看到的，卻是日本警察的孤獨。

　　如同第三章所定義的孤獨中所提到的：當一個人滿足不了自己的社會期望時，會產生孤獨感、或是一個人渴望接近他人，但社會因素使他們無法滿足也會產生孤獨。以這兩項來看〈不如意的過年〉中的日本警察，在文本的一開始：

> 查大人（查，巡查。大人，日據下臺灣人對日本警察的尊稱）這幾日來總有些憤慨。因為今年的歲暮，照例的御歲暮（日語，年禮）乃意外減少，而且又是意外輕薄。在查大人這些原不介意，他的心裡，以為這是轄內的人民不怕他，看不起他的結果。真的如此就有重大的意義了。實在，做官而使人民不怕，已經是了不得，那堪又被看不起？簡直做不成官了！……官之所以為官，只在保持他的威嚴。（施淑編，1994：35）

文本寫到的是，針對年禮收的少這一件事，日本警察原本是不介意的，但因為心裡越想越覺得這是人民不怕他、看不起他的結果，所以他覺得做官做到人民不怕他，也就無威嚴可言；為了恢復他的威嚴，才讓他決定上街找人民麻煩：

> 查大人憤憤之餘，似覺有恢復他的威嚴的必要，這是就這
> 幾日來對於「行商人取締的峻嚴，一動手就是人倒擔頭
> 翻；或是民家門口，早上慢一點掃除，就被告發罰金；又
> 以度量衡規矩的保障，折斷幾家店舖的『稱仔』」，由這
> 些行為，可以歸納出來。（施淑編，1994：35～36）

在找麻煩的過程，日本警察也不完全是隨意就對人民發脾氣，例
如他雖然在找人民的麻煩，但大家卻表現地如溫馴綿羊一樣，
於是針對年禮減少的原因，他思索後覺得人民可能是受到社會運
動家所提出「官吏和農、工、商賈，是社會的分業，職務上沒有
貴賤之差，農民的耕種、工人的製作、商賈的交易，比較巡警的
捕捉賭，督勵掃除，不見得就沒有功勞及於社會」、「法律是管
社會生活的人，勿論誰都要遵守，不以為做官，就可除外，像巡
警的亂暴（日語，粗暴、蠻橫、無法無天）打人，也該受法的制
裁」的影響，所以膽子才大了起來。

　就日本警察來說，他想要給那些社會運動家一些教訓，於是
他找人民麻煩，想藉由蹂躪人民來讓社會運動家們知道那些演講
上的公理人道正義是無用的，可他自己也知道這只是在拿人民開
刀，卻不能真的對那些鼓吹思想的運動家們有什麼影響或懲戒；
無法真正處置到那些令他不愉快的運動家，讓這日本警察雖然欺
壓著一般百姓，內心卻更憤憤不平。這樣的情緒延伸到後來新年
的時候（因為同化政策的關係，當時的新年指的是日本人過的元

旦，而非舊曆年）：

> 他由官長那兒，拜過了新年，回到自己衙門去的路上，看
> 見民家插旗雜亂不整，人民們一點也沒有歡祝的表示，心
> 中很不爽快。人民心裡的變遷，確已證實了。這又使他重
> 新憶起御歲暮的憤慨……（施淑編，1994：39）

因此，他決定抓賭博的人來開刀（但對日本警察來說，他還是知
道抓賭博這件事並不是非得要做的）：

> 說到新年，既生為漢民族以上，勿論誰，最先想到就是賭
> 錢……閒暇的新正年頭，自然被一般公認為賭錢季節，雖
> 表面上有法律的嚴禁，也不會阻遏它的繁盛……社會運動
> 者比較賭博人、強盜，其攪亂安寧秩序的危險更多。尤要
> 借仗查大人用心監視，也就難怪十字路頭賭場公開，兼顧
> 不來，原屬當然的事。（施淑編，1994：38～39）

因為覺得人民可能受到社會運動者的影響，才會這樣表現出對日
本人的新年不以為意、沒什麼要慶祝的感覺，所以日本警察轉
而想找賭博的人麻煩。可是賭徒已聞聲先散去，只剩下無辜的小
孩在現場，但日本警察一方面還在氣頭上，一方面覺得自己面子
掛不住，於是隨便拉個小孩詢問，小孩被警察突然一拉嚇到哭出
來，日本警察為了制止小孩而出手摑了小孩一掌，卻不是真用力

想懲罰小孩。文本裡是這樣寫的：

> 不幸這個兒童，竟遇到這厭惡哭聲的查大人。他嘗說：啼
> 哭是弱者的呼喊，無用者的祈求，頂卑劣的舉動，有污辱
> 人的資格，尤其是一等國民的面子。所以他就用教訓的意
> 義，輕輕地打他一掌說：「緘點著（安靜）！不許哭，賭
> 錢的什麼人？」很有效力，這一下子打，那兒童立刻止住
> 哭聲……這真是意外，世間的男子女人，不曾打過孩子
> 的，怕一個也沒有……在被打的兒童，使他自己感著是在
> 挨打，也沒有不啼哭，這也是誰都經驗過的事實。現在這
> 兒童大約不感覺著是挨過打，在他的神經末梢，一定感到
> 一種愛的撫摩。所以對著查大人，只微微漏出感恩的抽
> 咽……（施淑編，1994：40～41）

舉例說到這裡，就我所以為的，這位日本警察所背負的其實不僅
是自己的面子和感覺，而是受到他的身分角色所影響。因為他
身為日本人，又身負著警察這個導正人民為主的社會角色，對祖
國的尊重是他理當注意的，所以看見被管理的人民似乎不把日本
新年當作一回事，對他來說也就產生了人民對日本國不尊重的感
覺，而感到不妥且無法向上交代，他才不得不管理一下。又因為
他身為警察的身分，必須讓人民知道規矩在哪裡，而不是隨便都
好說話的代表，所以他心裡知道孩子是無辜的，但卻不能輕易的
在人民面前表現出來：

在查大人的思想，官事一點也不容許人民過問，他本無為難這兒童的意志。但到現在就不能隨便了事，怕被世間誤解，以為受到抗議才釋放他。這很有關礙做官的尊嚴。查大人自己，也覺對這兒童有些冤屈；雖是冤屈，做官是還是官的威嚴要緊，冤屈只好讓他怨恨他自己的命運……查大人為公心切，不惜犧牲幾分鐘快樂……事實的取調，管他什麼？那得工夫和這不知六七的兒童周旋，還是喝酒來得有意義。今天本是休假的日子，但是釋放他嗎？可有些不便當。噯！先教他跪一刻再講……（施淑編，1994：41～42）

「人民是無辜的，孩子也是無辜的，警察只為了個人的面子卻不顧人民感受」，其他分析者覺得〈不如意的過年〉講的是警察壓迫人民。這樣的說法並沒有錯，但從另一角度來看那警察，在那樣的身分和背景之下，卻也有他的孤獨所在。明明心裡知道不關市井小民的事，但是民眾卻總跟著運動者的鼓吹而行事，他也無法真的拿運動者開刀，只好轉而從人民下手，希望能給運動者些警惕。也正因為他被日本當局所賦予的角色期望是「導正人民的警察」，因此他不得不去做那些管理的事情。尤其是日本警察因為角色而不上不下的心態，不也正是另一種不知如何說起的孤獨寫照嗎？對人民來說，是覺得受到他壓迫的，可是他也不過是盡自己角色的本分，想守著這職務所應該做到的職責和任務。

就如同文本的一開始提到的：「對於年禮減少這一件事，查大人原本是不介意的。」警察知道賭博不關小孩的事、也很清楚自己找人民麻煩只是想讓運動者有所節制，他明知道這些，卻不得不做些什麼（也無從當面和人民解釋起）。就我的解讀，我會覺得這個查大人所表現的正是所謂「正向型孤獨」，他在內心是有衝突的，既要符合日本當局賦予的角色期望，卻也不能和民眾解釋什麼（只能自己在心裡想，做的時候給人民看另外一套），所以是有孤獨感的；但他自己心裡清楚這樣無從解釋起的狀況，所以轉而執行角色該做的事情，將自己的情緒透過角色的執行正向化。所以我認為他可以算是將個人孤獨推向正向型的例子。

當然，我相信在日本殖民之下，受限於另一民族的規矩，大家沒有了自己且是有志難伸，甚至感到冤屈無奈的。因為日治時期很多的小說想表現的重點是人民如何被日本警察所壓迫、階級的矛盾，和想要對抗日本帝國的情形，所以在故事的鋪陳上反而會比人物性格的刻畫來的重。正因為創作者是憂國憂民的，筆下的人物不免也承襲著作者這樣的期望，也因此主人翁們在文本中的思慮表現都會表現出比較憂愁整個民族是如何被壓迫或無奈，或者是人民為了生存在社會中是如何地配合。大體來說，是呈現當局現象的寫實較多，而缺少主人翁內心孤獨剖析的。如果真要分析孤獨，恐怕就得如同本人分析〈不如意的過年〉一般，由讀者閱讀文本後的心理投射來作假設以推說其孤獨的可能。

二、孤獨於國民政府來臺時期文學中的表現

　　隨著國民政府撤退來臺，伴著一批年輕人或壯年人也一起來到臺灣，以這些隨著國民政府來臺的人們為主角的寫作，尤以白先勇所著的《臺北人》最常被大家提出來討論。在《臺北人》中的角色，都有個一段難忘的「過去」（在大陸生活、在單純講究秩序與人情為主的農業社會、認同大氣派的中國傳統精神文化），並且影響到「現在」（在臺灣生活、在以利害關係為重的工商業社會、在計較物質得失的西洋機器文明中）。

　　以《臺北人》中的〈遊園驚夢〉一篇為例，〈遊園驚夢〉裡寫的是過去在南京夫子廟清唱《遊園驚夢》的藍田玉、蔣碧月和桂枝香等一行人，在臺北生活後，一次宴會中又再度相聚的故事。如白先勇一貫的比較筆法，在場景上他安排了女主角藍田玉（文中的錢夫人）在臺北竇公館與過去的南京夫子廟回憶交相對照；在人物對照上，將藍田玉和自己妹妹十七月月紅過去與男人的關係和竇公館中桂枝香與妹妹蔣碧月相對照；甚至細膩的在服裝、食物、地景等處也相互對照，藉由今昔兩相對比來呈現女主角錢夫人心中的孤獨。

　　例如服裝的部分：

> 　　錢夫人走到鏡前，把身上那件玄色秋大衣卸下……身上那
> 件墨綠杭綢的旗袍，她也覺得顏色有點不對勁兒。她記得
> 這種絲綢，在燈光底下照起來，綠汪汪翡翠似的，大概這

> 間前廳不夠亮，鏡子裏看起來，竟有點發烏。難道真的是
> 料子舊了？這份杭綢還是從南京帶出來的呢，這些年都沒
> 捨得穿……她總覺得臺灣的衣料粗糙，光澤扎眼，尤其是
> 絲綢，那裡及得上大陸貨那麼細緻，那麼柔熟？（白先
> 勇，1983：207～208）

還有飲食的部分：

> 錢夫人只得舉起了杯子，緩緩的將一杯花雕飲盡。酒倒是
> 燙得暖暖的，一下喉，就像一股熱流般，周身遊蕩起來
> 了。可是臺灣的花雕到底不及大陸的那麼醇厚，飲下去終
> 究有點割喉。（白先勇，1983：224）

即使錢夫人已經生活在臺北了，但她總是無法忘記過去在南京的
樣貌，以至於服裝也好，飲食也好，她總是會將臺灣的東西與故
鄉兩相比較，但這也僅能知道前夫人終究忘不掉過去。真正的孤
獨反而是在「愛情」這件事中看出端倪，小說的一開始先提到竇
夫人（桂枝香）與妹妹蔣碧月在愛情裡的糾結：原本桂枝香是要
和任子久結婚的，任子久連聘金都下定了，妹妹蔣碧月卻從中攔
腰一把將任子久給搶了過去，而桂枝香則是後來跟著還是次長的
竇瑞生做小，一直到竇瑞生升官，她才轉正變成竇夫人。但身為
姊姊的桂枝香卻沒和妹妹計較，她反而和藍田玉說：「是親妹子
才專揀自己的姊姊往腳下踹呢！」

　　相對照的是藍田玉自己的感情，因為當時在南京時，錢鵬志將軍聽了她的《遊園驚夢》著迷，而將她娶回家做填房夫人，在許多聚會上十之八九的主位都是錢夫人佔先，很少有人超過她的輩分。雖然錢夫人也珍惜這一身份地位，但在感情中她畢竟是跟著一個有年紀甚至能做爺爺的人在一起。就如同文本中寫的一樣：

　　「難為你了，老五。」錢鵬志常常撫著她的腮對她這樣說
　　道。她聽了總是心裡一酸，許多的委屈卻是沒法訴的。難道
　　她還能怨錢鵬志嗎？是她自己心甘情願的。錢鵬志娶她的
　　時候就分明和她說清楚了：他是為著聽了她的《遊園驚夢》
　　才想把她接回去伴他的晚年的。（白先勇，1983：221）

對藍田玉來說，她終究是感到委屈的。這樣一個年輕的人卻沒能**轟轟**戀戀的談場戀愛，只能當別人的金絲雀！也正因為她年輕，相對比的是錢夫人當時和將軍身邊的參謀鄭燕青有了一腿的經歷，可是就如同瞎子師娘所說的是一場孽緣：

　　瞎子師娘說，你們這種人，只有年紀大的才懂得疼惜啊。
　　榮華富貴——只可惜長錯了一根骨頭。懂嗎？妹子，他就
　　是姊姊命中招的冤孽了。錢將軍的夫人。錢將軍的隨從參
　　謀。將軍夫人。隨從參謀。冤孽。我說。冤孽，我說。
　　（白先勇，1983：234）

就算錢夫人是喜歡鄭參謀的，但最後就像蔣碧月搶了姊姊的男人一樣，錢夫人的妹妹月月紅也和鄭參謀在一起了。對照著竇公館的現場還唱著〈遊園〉，錢夫人卻在內心回想起南京那時候的經驗，她眼睜睜的看著妹妹和鄭參謀兩人眼中的火花，一向把《遊園驚夢》唱得很好的藍田玉，卻只能用啞掉的嗓子來面對妹妹同自己所喜歡的人在一起的無言。

　　〈遊園驚夢〉中的錢夫人，她所表現的是過去和現在兩相對照間所產出的孤獨。對照有二：一是南京和臺灣的差異（總想著南京的好，臺灣終究不是習慣的地方），因為不習慣地域而產生的孤獨；一則是雖然在錢將軍身邊，可是情感的中意歸屬卻是被妹妹攬走的鄭參謀，這樣無從說起的情感孤獨。二者都是屬於被動且表現出僅能接受別無他法的「負向型孤獨」，是場景和情緒兩相對照所能發現的：錢夫人雖是嫁入豪門的崑曲名伶，但從富貴榮華到孤獨落寞，她的人生就像是一場情節曲折起伏的戲劇。如小說標題〈遊園驚夢〉一般，人生如戲如夢，官太太光鮮亮麗的外表底下，卻也藏著不為人知的辛酸過往。那份傷今懷舊的哀愁，隨著字句鋪展開來，是溢散在字裡行間的。以這篇為例，我大膽的這樣假設：對隨著國民政府來臺的居民來說，臺灣終究不是原本的土地，因此他們在情感上理想的歸屬與現實經驗不免有著落差，可以感覺到自己的流離失所、找不回當初的根、僅能在臺灣暫且歇腳，因而有無法與人用言語或文字能清楚說明的孤獨感受。

　　六、七〇年代，因為經濟體制改變而受到西方影響的社會，則有表現從殖民勢力的入侵到社會的變遷所造成的「三明治人」

處境的文本產生，如黃春明的〈兒子的大玩偶〉便是屬於這種。其中人物的孤獨不同於白先勇所處理的兩地居民適應，而是來自於臺灣舊社會對新時代的抗拒與無力感。

　　黃春明〈兒子的大玩偶〉一篇描寫小鎮上的窮人坤樹被生活所迫，化了妝去做活廣告（sandwich-man），在臉上塗滿粉末，還得在大熱天穿著厚厚的服裝，背著廣告牌到處走動吸引人注意。又熱又累卻只能往人潮地方走去的坤樹，一方面覺得辛苦一點至少可以讓老婆免去拿孩子的命運；但一方面又被大伯仔數落做這工作沒出息，甚至連路邊站壁的妓女也以看到怪人的態度對他，直到最後工作有所轉機時，才發現兒子只認識化了妝的自己。

　　在〈兒子的大玩偶〉一篇中，坤樹的孤獨來自於身為一家之主需肩負家計的責任以及他人對他的社會期望，從一開始接到當活廣告的工作開始，坤樹就安慰自己雖然累，但能多要到幾個錢，總比不累好，卻一方面覺得自己可笑：

> 一團火球在頭頂上滾動著緊隨每一個人，逼得叫人不住發
> 汗。一身從頭到腳都很怪異的，仿十九世紀歐洲軍官模樣
> 打扮的坤樹，實在難熬這種熱天……從幹這活兒開始的那
> 一天，他就後悔，急著想另找一樣活兒幹。對這種活兒他
> 愈想愈覺得可笑，如果別人不笑話他，他自己也要笑的；
> 這種精神上的自虐，時時縈繞在腦際，尤其在他覺得受累
> 的時候倒逞強的很……（黃春明，2000：10）

覺得可笑的同時，他卻也矛盾的替自己能讓妻子喜極而泣而感到驕傲，甚至和妻子說出小孩不要打掉，這般看似自己很有肩膀能承受的話語，連坤樹自己想起來都感動到順著汗水流起了淚來。可是對大伯仔來說，卻不這麼看見坤樹，就著一般年長者對年輕人的擔憂，大伯仔覺得坤樹做活廣告是沒出息的：

> 「坤樹！你看你！你這像什麼鬼樣子；人不像人，鬼不像鬼，你！你怎麼會變成這個模樣來？」……「還有什麼可說的！難道沒有別的活兒幹啦？我就不相信，敢做牛還怕沒有犁拖？……」（黃春明，2000：12）

被這樣洗臉的坤樹隔日其實是灰心提不起精神出門工作的，但因為對妻子還有著別拿掉孩子這句說出口的責任，打著這樣的理由他才在鼓起勇氣走出家門。不與人交談，只能到處走動的活廣告坤樹，在他的內心其實是有所嘀咕的：

> 想，是坤樹唯一能打發時間的辦法。不然，從天亮到夜晚，小鎮裡所有的大街小巷，那得走上幾十趟，每天同樣的繞圈子，如此的時間，真是漫長的怕人。寂寞與孤獨自然而然地叫他去做腦子裡的活動；對於未來的很少去想像，縱使有的話，也是幾天以後的現實問題。除此之外，大半都是過去的回憶，以及以現在的想法去批判。（黃春明，2000：14）

在全篇的寫作表現上，除了這邊有明確地使用「孤獨」的字眼來說明坤樹的狀態，在文章其他地方，作者都用「坤樹與他人說」以及「坤樹內心另外的嘀咕其實是……」交相對比，來表現坤樹內心無從和他人說起的孤獨：

> 「老闆，你的電影院是新開的，不妨試試看，試一個月如果沒有效果；不用給錢算了……」「那麼你說的服裝？」（與其說我的話打動了他，倒不如說我那副可憐相令人同情吧）「只要你答應用，別的都包在我身上。」（為這件活兒他媽的！我把生平最興奮的情緒都付給了它。）（黃春明，2000：11）

> 「大伯仔……」（早就不該叫他大伯仔了。大伯仔，屁大伯仔哩！）「我一直到處找工作……」「怎麼？到處找就找到這沒出息的鳥活幹了？！」「實在沒有辦法，向你借米也借不到……」「怎麼？那是我應該的？我應該的？……這和你的鳥活何干？你少廢話！你！」（廢話？誰廢話？真氣人。大伯仔，大伯仔又怎麼樣？娘哩！）（同上，12～13）

好不容易找到工作的興奮、好不容易可以因為能讓妻子有所依靠而驕傲的情緒，甚至面對長輩得鞠躬哈腰的勉強，都是坤樹無法

直接和對方明說的孤獨，他只能在自己的內心對話，來與當下嘴巴所說的話作平衡。可是這樣壓抑且不得人懂的孤獨，本以為可以隨著工作的轉型而脫下大伯仔口中的那身鬼樣，卻在轉身卸掉粉末後得到兒子阿龍想從他懷中掙脫而大哭的結局。

〈兒子的大玩偶〉所勾繪出的是農業社會受到工業／技術（如戲院、企業化廣告）侵襲時的無奈感，在這無奈之下為了謀生而不得不畫臉去沿街展覽的坤樹，其實隨著化妝的動作也間接的在社會上失去了人的地位，變成只是一個宣傳廣告的大玩偶，也只有在回到家卸完妝後，才能回到人的形象。對年幼的孩子阿龍來說，每天早上所看見的化妝大玩偶才是爸爸的形象，所以對卸妝後的坤樹反而是完全陌生且受到驚嚇而大哭的。這樣的結局其實早在小說中就可窺見一二：

> 阿龍看到坤樹走了他總是要哭鬧一場，有時從母親的懷抱中，將身體往後仰翻過去，想挽留去工作的父親……（這孩子這樣喜歡我）坤樹十分高興。這份活兒使他有了阿龍。有了阿龍叫他忍耐這活兒的艱苦。「鬼咧！你以為阿龍真正喜歡你嗎？這孩子以為真的有你現在的這樣一個人哪！」（那時我差一點聽錯阿珠的這句話）「你早上出門，不是他睡覺，就是我背出去洗衣服。醒著的時候，大半的時間你都打扮好這般模樣，晚上你回來他又睡了。」（不至於吧。但這孩子越來越怕生了）「他喜歡你這般打扮做鬼臉，那還用說。你是他的大玩偶。」（呵呵，我是

> 阿龍的大玩偶,大玩偶)(我是大玩偶,我是大玩偶)他
> 笑著。影子長長地投在前面,有了頭頂上的牌子,看起來
> 不像人的影子。(黃春明,2000:27~28)

正如妻子所說的,對兒子阿龍來說,他認識的爸爸是大玩偶的形象,所以到最後坤樹卸妝後,孩子反而認不出是爸爸,所以大哭了起來;而一直以來覺得孩子喜歡自己的坤樹,卻只能落寞的再次拿起粉塊,想再次畫上妝讓兒子認出自己:

> 「你瘋了!現在你抹臉幹什麼?」阿珠真的被坤樹的這種
> 舉動嚇壞了。沉默了片刻。「我,」因為抑制著什麼的原
> 因,坤樹的話有點顫然地:「我,我,我……」(黃春
> 明,2000:39)

以兒子為生活重心努力的坤樹,在被兒子推開的那瞬間,就已經從原本和兒子還有連繫關係的狀態,回到自己一個人的感覺,那種內心受到衝擊卻不知道如何說出口的孤獨,其實也正是黃春明對六、七〇年代所想要表達的:社會把人變成傀儡,當人想復原的時候,卻很難再回到最初的樣子。

坤樹這樣的狀況,所表現出來的孤獨是從一直都是自我有察覺的正向型孤獨(覺得別人不懂他也沒關係,他知道自己為了什麼、在做什麼就好),但在最後卻成了負向型孤獨(原本有兒子為精神依靠,但兒子卻在他卸妝後不認得他,導致坤樹受到衝擊

而愣住，是被動的被抽離關係所造成）。最後坤樹選擇面對兒子對他的陌生，轉而想辦法要讓兒子認出自己，這雖無關孤獨，但反過來就行為表現來解釋一個人，可以發現坤樹是一個努力扮演好社會角色、堅持說話算話且碰到問題也會儘可能想辦法解決的人，是屬於較正面處理問題的。至於這是不是黃春明在表現五、六〇年代那種情境下的人們在面對事情時的不挫精神，則有待另闢新題再加以研究。

七〇年代的小說，除了黃春明筆下這種三明治人困境的鄉土小說之外，另外還有受西式教育回頭看政治議題的女性陳若曦值得一提。陳若曦是從工農家庭出身的，在五〇年代的臺灣社會與政治下，有著要求改革的心情（從害怕政治變成熱中政治），爾後有了出國留學的經驗以及受到大陸文革時期的影響，到了七〇年代後期，她轉而由海外遊子生活的領域來抒發遠離故土在美國的華人所構成的獨特世界。陳若曦筆下的人物帶著中國的文化經驗在西方社會生活，也就難免會從字裡行間看出不同文化背景衝突之下對小人物所造成的孤獨。

以《城裡城外》中的〈路口〉一篇為例，〈路口〉的女主角文秀出身臺灣東港漁村，雖身為二二八受難家屬之後，但是對政治則和一般傳統女性一樣有著恐懼症，偏偏命運弄人，大學時代她愛上獻身臺獨運動的丈夫，儘管不認同丈夫的政治理念，卻深深崇拜其獻身理想的神采，好不容易從分隔兩地相聚，到美後背棄理想、汲汲求利的丈夫反而讓文秀感到失望而走上離婚路途。離婚後文秀遇到了理想情人方豪，方豪也在臺灣住過十幾年，還

給《自由中國》雜誌寫過文章，但是後來轉而認同大陸，成為中國大使館的紅人，他的公寓是文秀在美國所見中最充滿中國風味的住房，方毫不但滿足文秀對中國的嚮往，還以文秀從沒去過的大陸為吸引，期盼能與文秀進一步發展。初期方豪為陳映真在臺灣被捕一事奔走出力，滿足文秀心中的正義理想形象；同時大陸發生了魏京生要求改革被判刑一事，又燃起文秀心中追求民主、打抱不平的渴望，希望方豪也能為營救魏京生出力、上書鄧小平。沒想到方豪為了自身利益考量及對大陸的崇高信仰，而不願以自由、民主的理念去衡量這件事，只一味的認為臺灣和大陸「社會制度不同，政治體制不同，大小也懸殊」為由拒絕，讓文秀又再一次的幻滅。最後文秀在寄出一封信上書鄧小平後，選擇和方豪告別，回到母親的懷抱及陽光普照的東港。

在〈路口〉中表現的孤獨有三種：一是因為國籍而被人誤會的孤獨（被人劃分的，屬負向型）：

> 「我想你一定喜歡日本菜……」文秀感激方豪的體貼，怎麼也不忍心說自己最不喜歡日本菜……「文秀，你看點什麼菜好，還是你全權負責吧，你內行……」文秀沒法，勉為其難地點了生魚，鐵板燒牛肉和火鍋……很多人以為臺灣人愛吃日本菜，說日語，醉心東洋歌曲和榻榻米房子。似乎被日本佔領了五十年，必然被同化掉。文秀最是厭惡這種強加於人的設想。方豪竟也不例外，實在令她有知音難尋之嘆。（陳若曦，1983：99）

一是因為感情的模稜兩可，讓她內心摸不著邊際，不能確定感情而感受到孤獨（帶有負面情緒的，屬負向型）：

> 夏天裡，方豪才開始約會她，而屈指可數的幾回出遊，有
> 一半還帶了阿町在一起。方豪對孩子十分關心，甚至是討
> 好，然而對自己的追求卻顯得不即不離似的。文秀不知她
> 是出於膽怯謹慎，還是故作矜持。有一陣子，她覺得自己
> 像懸在半空中，不上不下，有一種摸不著邊際的焦灼……
> 每晚熄燈前總有方豪的電話，要是來遲了，便悵悵然若有
> 所失。（陳若曦，1983：101～104）

與前夫分隔兩地好不容易在美國相會，卻因崇拜破滅而失婚導致單身一人的狀態，也是造成文秀在感情課題上容易感到孤獨的原因之一：

> 只怪自己命苦吧，她想。幾年空閨獨守，這兩年又遭遇婚
> 變，好不容易支離破碎的心現在剛彌縫過來。正慶幸遇到
> 一位良師益友般的人可寄託自己的感情，誰知對方卻要遠
> 行……她覺得周遭的事物都停止不動似的，小房間頓時顯
> 得空曠清冷。（陳若曦，1983：105）

與方豪的緣分宣告終結的最後一根稻草，則是女性關心國家、社會卻被男性限制不要插手政治為宜的政治孤獨：

> 「文秀，我能不能給你個勸告……我知道你心地正直善良……但是……假使我們一塊兒去中國，我希望你別再提魏京生的事……」文秀專心地聽著他的勸告，但聽著聽著，心就沉下來了，她不知怎麼應答……落葉被過往的汽車掃向路邊，這裡一堆那裡一堆，在秋陽裡爭奇鬥艷。這片燦爛的秋景，卻引不起文秀半點興致。她身站在路上，整個人卻陷在沉思裡……（陳若曦，1983：143）

從正、負向型孤獨來看，其實可以發現一開始文秀因為以偏概全和情感問題所造成的負向型孤獨，都是附屬／依附他人的情況下所產生的（屬於臺灣的一分子、希望在方豪身上能得到情感寄託），在政治的問題上，一開始文秀也是依賴他人的：

> 母親和自己，從來就不想牽涉政治，躲之唯恐不及，偏長年為它受累……方豪對政治的熱情絕不亞於阿町的爸爸……當年，阿町爸爸也曾這麼吸引過自己。可嘆自己不懂政治，壓根就害怕政治，但偏偏對沉迷政治、為政治現身的人由衷欽佩……（陳若曦，1983：95～96）

因為自己害怕政治，所以依賴前夫、依賴方豪，卻也因為行動權不在自己身上，當自己有重視的議題想幫忙的時候，才會發現自己終究是孤獨的，並無法靠著他人就完成所有的事情（這時候便是正向型孤獨的表現）。

文秀在情感與政治上重疊的兩次幻滅，其實便是對男性與政治的幻滅，在以男性為組成中心的社會，男性在參與政治中能得到自身價值的提升，也因此男性對政治獻身的理想實則隱含男性在參與過程中得到的地位酬賞（例如因此而得到大陸科學院邀請前往研究的方豪），有利益考量的政治獻身，最終卻背棄政治理想的（例如文秀的前夫：阿町的爸爸），女性即使也關心政治，但很容易會被男性勸退（男性為了鞏固自有的地位與利益呢），也難怪在文秀體悟到這一點後，會感到既孤獨卻又有無由來的驕傲與快意（跨過依附的角色，轉而成為自主的自己）。

綜合以上的舉例，可發現臺灣現代小說前階段中，在孤獨的表現僅在正向型與負向型之間游移，小說家筆下的小人物們會有自身情感所引發的孤獨（感情因素、角色扮演的責任等等），但更多的孤獨是因為大環境變動所造成的（身在異鄉、西方文化衝擊、政治立場因素等等）。打從殖民時期以來，小人物們急著想擺脫控制、脫掉歷史包袱、抗拒外來同化，所以整體來說是融入民族意識、看著大環境變遷感同身受，而很少回歸自身檢視、企圖跳脫群體的。然而，可以確定的是社會運動者確實有將存在主義等西方思潮帶回臺灣並且影響到民眾，否則民眾每天吃飽穿暖有日子過就好，而沒有檢視環境變動和自身間

的關係，是不會有與社會、他人互動而感到孤立的孤獨感受產生的。

第三節　心理疏離與社會疏離的交錯展演

一、日治時期思想改造所造成的疏離

隨著日本殖民的開始，原本以農立國的封建社會，受到以工業為基礎的制度影響，臺灣逐漸往資本主義社會靠近。在傳統漢文思考上，也受到整個大環境營造的改變而逐漸式微，取得代之的是現代化知識的崛起。（陳芳明，2011：24）從原先的私塾教育轉而進入日本學校，從思想改造開始的臺灣人民，在完成學業後回到鄉村裡，不免會有無法適應的疏離感，這樣的例子在賴和的〈歸家〉中，可見一斑。

〈歸家〉一篇講的是一個人受完日本教育回到鄉裡卻不知道能做什麼而覺得無聊，當他在和街坊鄰居聊教育的時候，才發現受教及未受教兩方之間是有隔閡的，當他努力想要解釋受教所學有什麼受用處時，也隨著一聲「巡查！」結束了該次的對話。在〈歸家〉的起頭簡單說明當時在日本學校所接受的教育是關於工業理念的，在那樣的教育之下，讓受教者不免也擔憂自己是不是會像機器一樣被遺棄：

> 一件商品，在工場裡設使不合格，還可以改裝再製，一旦
> 搬到市場上，若是不能合用，不稱顧客的意思，就只有
> 永遠被遺棄了。當我在學校畢業是懷抱著怕這被遺棄的
> 心情，很不自安地回到故鄉去。回家以後有好幾日，不敢
> 出去外面，因為逢到親戚朋友聽到他們：「恭喜！你畢業
> 了」的祝辭，每次都會引起我那被遺棄的恐懼。（施淑
> 編，1994：121）

受過教育的人，並沒有因為回到家鄉而感覺到有親切感，一方面
受到資本主義的影響，有了不佳會被取代的概念而恐懼；一方面
脫去了學生時期自由的外衣，知道必須該承擔起某些責任了，卻
反而不知道所學在家鄉中有何用處，而產生了矛盾與距離感：

> 十幾年的學生生活，竟使我和故鄉很生疏起來，到外面
> 去，到處都似作客一樣，人們對著我真是客氣，這使我很
> 抱不安，是不是和市場上對一種新出製品不信任一樣嗎？
> 又使我增強了被遺棄的恐懼。（施淑編，1994：122）

> 已不是學生時代無責任的自由身了……而且又是踏進社會
> 的第一步，世人的崇尚嗜好，完全是另一方面，便愈覺社
> 會和自己的中間，隔有一條溝在，愈不敢到外面去……
> （同上，122）

光這樣一段就可以看出主角因為曾經受過教育，而覺得自己與其他人好像有距離（心理疏離的表現）。但也因為受過教育，讓主角覺得自己因為還沒找到適合自己的工作，在尚未找到合適位置前，待業的狀況是理所當然的：

> 我歸來了這幾日，被我發見著一個使我自己寬心的事實——雖然使家裡的人失望——就是這故鄉，還沒有用我的機會，合用不合用便不成問題，懷抱著那被遺棄的恐懼，也自然消釋，所以也就有到外面的勇氣。（施淑編，1994：124）

當他上街閒晃與小攤販攀談時，賴和在小說中安排了一個不認同日式教育的賣湯仔圓的老闆和主角對話，透過對話的描述，教育好像並沒有教出什麼更能使用的人才，反而只是使受教者自抬身價，卻未見能力的提升，主角不知道該如何與賣湯仔圓的解釋自己所學，整個話題在各說各話之下軋然結束：

> 「現在的景況，一年艱苦過一年，單就疾病來講，以前總沒有什麼流行病、傳染病，我們受著風寒一帖藥就好，現在有的病，什麼不是食西藥竟不會好，像我帶這種病一發作總著注射才會快活，這樣病全都是西醫帶來的。」賣圓仔湯的竟有這樣懷疑。「哈！也難怪你這樣想，實有好幾種病，是有了西醫才發見的——你們孩子可曾進過學校

> 無？」「進學校？講來使人好笑！」賣麥芽羹的講，「我
> 隔壁姓楊的兒子，是學校（指公學校）的畢業生，去幾處
> 店舖學生理，都被辭回來，聽講字目算無一項會，而且常
> 常自己抬起身分，不願去做粗重的工作，現在每日只在數
> 街路石（無業遊蕩之喻）……我早就看透，所以我的囡仔
> 總不教他去進學校，六年間記幾句用不著的日本話？」
> （施淑編，1994：126～127）

小說的後段只有寫到主角欲言又止想解釋教育的目的，我們可以
發現「受教育」這件事對攤販（代表傳統社會的人）和主角、鄰
家楊姓兒子（代表接受思想改革的人）是有落差的。傳統社會需
要的是勞力投入，重點不在於學歷高低，而是有無辦法和他人溝
通；可是接受完日式教育回到村裡的楊姓兒子，既不會算數也
不會寫國字，不免讓人質疑這樣受教育的意義在哪裡。楊姓兒
子這樣無法達到社會期望的狀況，其實就是一種社會疏離的表
現；但楊姓兒子自己是否有這般感受，在文本中則無法清楚的
看出。

　　換句話說，因為不同的族群在不同土地上會有他想要執行
的目標，在日本殖民期間日本是把臺灣當作一個以糖、樟腦等農
產品為主要輸出的大工廠，也因此在教育上，不免與現實生活中
的其他民眾會有落差而造成受教者感覺與村人格格不入的心理疏
離，以及不確定自己到底能做什麼、完成何種社會責任而產生的
社會疏離。但畢竟日據時期的文學還是以抗議和抗爭為主要發

聲，在警察與人民間的互動關係反倒是著墨較重的地方，個人與社會之間這種心理或社會疏離的書寫，是少見的。

二、與政治保持疏離關係的戒嚴時期

戰後臺灣的文學是相對於戒嚴體制而存在的，這段時期的臺灣文學以受權威干涉或壓迫的作家為主，作品不是與戒嚴體制保持疏離的關係，便是採取正面或迂迴的抗拒態度。受到五〇年代為了反共被美國支援的影響，除了物質援助之外，島上知識分子一方面也大量獲得西方文化的資訊，也因此在潛移默化中開啟了現代主義自我挖掘心裡空間、從事內心世界經營、投入意識流想像的寫作。（陳芳明，2011：36～37）在工業文化與機械文明裡，人類的傳統價值不斷地被挑戰，心靈的寄託頓失依靠，也就產生了漂泊不定的異鄉人情緒，或是無法和社會連結的疏離感。

倘若接續著日治時期談教育對學子所帶來的疏離，在白先勇〈寂寞的十七歲〉裡，也有著主角因為不符合社會規範和標準所造成的心理疏離：

> 有次爸爸問我們將來想做什麼；大哥講要當陸軍總司令，二哥講要當大博士，我不曉得要當什麼才好，我說什麼也不想當，爸爸黑了臉⋯⋯他最恨讀不成書的人，可是偏偏我又不是塊讀書的材料，從小爸爸就看死我沒有出息，我想他大概有點道理。（白先勇，1984：176～177）

從小，我們就很常被長輩問：「你以後想當什麼？」回答當警察、當護士等等符合社會規範的答案，是大多數人覺得理所當然的狀況。這讓我想到以前自己的老師同樣也問了我們：「你以後想當什麼？」那時候班上有個同學說她以後想當家庭主婦，我們有禮貌的沒在檯面上公開嘲笑她，卻私底下覺得她這個人真是怪極了，那時候的我其實並不知道自己想當什麼，可是卻跟著群體意識認為想當家庭主婦的同學是有問題且奇怪的。這樣的記憶一直到我後來所學漸多後才知道，因為打從出生就接受社會規範著的我們，在潛移默化中被教導應該要有相當的社會身分，才能顯出個人對社會的價值，我們習以為常的這麼認為，便也自然的投射到他人身上，認為符合社會要求是理所當然的。就和〈寂寞的十七歲〉裡主角在面對父親提問的未來想做什麼一件事上，因為回答不符合社會大眾（甚至爸爸）的認知，而認同自己可能真的如爸爸所以為的很沒出息。這裡透顯出來的，是主角對社會角色所產生的心理疏離：我不曉得要當什麼才好，所以我沒有出息。

　　教育的目的是為了馴化一個人？還是替社會創造出符合規範的人選？同樣在接受教育這個議題上，白先勇在〈芝加哥之死〉裡轉換了受教的場域，將場景設定在美國芝加哥大學，而主角是在1960年6月1日畢業的博士。主角吳漢魂從碩士就待在美國一路從碩士念到博士畢業，為了應付考試，就連接到家裡電報通知母親過世，主角也只是將電報揉掉，回頭專注於考試準備上。這裡是吳漢魂的第一個疏離的埋點：將自己學業與臺灣的親人劃分開來，專注考試準備，而不多加理會母親去世的電報。

　　接著，生吞活剝只為了拿到學位的吳漢魂，在拿到博士學位時，才突然注意到自己所居住的公寓：

> 他在這間公寓的地下室住了六年，好像這還是第一次發覺到室內的濕氣這樣逼人……六年來他靠著求知的狂熱，把自己囚在這堵高牆中……書架上那些密密麻麻的書本，一剎那好像全變成了花花綠綠的腐屍……（白先勇，1984：227）

這則又是另一個疏離：將自己學業與自己居住的空間隔開。居住空間在主角準備學業的時候像是不存在的，直到他脫離了學業攻讀的情境後，才回頭發現自己處於怎樣的環境中。

　　專注於學習、工讀的主角，甚至沒有什麼和異性接觸的經驗，一直到畢業後才有機會進入酒吧一探燈紅酒綠的究竟，可是他也不是去尋歡作樂，僅是觀察著周圍的人們，發現大家「脖子熱得紫脹，眼睛醉得歪斜，可是誰也捨不得離開，都搶著買醉，恨不得一夜間，把生命權消磨在翡翠色的酒杯中去似的」。這是吳漢魂的第三個疏離：即使人已經陷在酒吧人群裡，但他卻像旁觀者一樣，和別人並無法產生太多進一步的連結。整個過程在酒吧中無法和人產生連結，就連走出酒吧後和一位剛認識的女生發生關係，也都沒有什麼心情和反應，僅有在女子脫下假髮那瞬間，在胃中有翻起一陣酒意和頭痛得像要爆炸一樣。

　　從第一點疏離一直到第三點，可以發現主角並不是全然沒有感受，但他藉由讀書拿學位來轉移自己的注意力，並且花大多

的精力將自己封鎖在學術高塔裡，而導致學位到手的那一剎那，
突然覺得自己不知為何而存在。面對求職履歷的內容，他感到疑
惑、站在芝加哥巨靈似的大廈間，他卻像看見母親屍體在對她呼
喚：你一定要回來……你一定要回來……掙扎的主角在心裡說著
他不要回去，他太疲倦了，要找一個隱密的所在閉上眼睛忘記過
去、現在、將來……也因此他才發現自己在地球上竟然難以找到
寸土之地可以落角，他既不要回臺北，也不願回到潮溼的公寓，
於是乎他接續著履歷的開頭：「吳漢魂，中國人，三十二歲，文
學博士，1960年6月1日芝加哥大學畢業……」說出「1960年6月2
日凌晨死於芝加哥，密歇根湖」。

　　〈芝加哥之死〉表現的其實是海外留學生心靈的浮沉，既沒
有家人可以依靠，也沒有個人的身分可以自持，雖然主角以優異
的成績畢業了，但知識的增多卻沒有使他更具有信心，反而使他
越來越迷惘。最後在城市間突然感到一陣莫名焦躁的橋段，更寫
出一個海外學子不但到頭來適應不了美國的生活環境而被這城市
給吞沒。換句話說，學業與知識的追求，並不能全然地解決疏離
的問題，〈寂寞的十七歲〉中的男主角，並沒有因為教育的學習
而感覺自己有什麼用處，反而因為自己好像和社會規範不符合，
而始終感覺自己與他人／家人間是疏離的；〈芝加哥之死〉的主
角，也沒有因為高學歷而得到什麼，反而是因為自己身分與文化
認同間產生了衝突，而導致一切對他來說變的陌生而疏離，既回
不了臺灣，也無法在芝加哥容下。

　　從六〇年代開始，臺灣社會由農業社會轉向資本主義社會，

歷經了思想文化的鬥爭，存在主義、佛洛伊德的心理學、現代主義文藝等西方思潮進入臺灣，原本在五〇年代受到思想箝制（除了反共思想、反共文學之外，不准第二家思想存在）的知識分子們，因為思想受到禁錮而極度苦悶，又對現實感到不滿及莫可奈何，這樣頹廢、絕望、傷感、消極、迷失的無力感，在他們迷惑困頓之際，隨著金錢和商品流入的西方哲學思潮，和失落、苦悶的知識分子們一拍即合。（古繼堂，1996：225～228）但也因為戒嚴時期的開始，導致知識分子們在西化與傳統間掙扎，作品也就不免多了許多海外鄉愁類的主題，對學成歸國的作者們來說，受限制的社會舞臺是帶有絕望與虛無感的。也正因為受到政府當局的限制，只好轉而藉由各種書寫的技巧來刻畫幽微的內心世界，一方面以躲過思想檢查；一方面宣洩自我的情緒。

　　受到資本主義影響的臺灣，在文化價值觀上也漸漸轉變成完全以產品與工作為主的階段，造成個體將自己當作社會這個大機器裡其中一個齒輪的狀況，在這樣的情境之下，當個體感受不到自己對這個社會有何幫助的時候（可能是自己是否有一固定職務，或個人對社會是否有某些影響力等等），就容易與社會產生疏離。以七等生的〈我愛黑眼珠〉為例，故事的大意是說男主角李龍第是個沒有經濟基礎且無業的人，依賴著妻子晴子微薄的薪水生活著，在某次遭遇洪水圍困時，他卻忘恩負義地寧肯擁抱陌生的妓女，不顧妻子在對岸的叫喊，矢口否認自己是她的丈夫，甚至眼睜睜望著自己的妻子被洪水吞滅，卻依然無動於衷。

　　作者透過那一道洪水劃出了李龍第心中的虛構，原本在社會中沒什麼存在感可言的男主角，因為一場洪水幫助到一個妓女，在照顧著妓女的當下，在心中獲得結實被需要且真切存在的存在感。在現實生活中，沒有人知道李龍第的職業是什麼，大家所知道的僅有：大家都到城市去上班了，他卻在散步。這樣一句描述，隱含著的是男主角與現實社會的疏離：人們以工作為目標來來往往、忙碌奔波，男主角卻在路上散步，不知道自己能做什麼。

　　對李龍第來說，他並不很確定自己存在的意義為何，所以只能從晴子的黑色眼睛開始想起，藉由想著妻子在做些什麼，或是思索兩個為了生活而牽手在一起是否就會快樂等等，來確定自己的存在感與意義；想著晴子雖然能讓他覺得自己是存在這世界上的，但他「內心裡的一種感激勾起一陣絞心的哀愁」，一想到「兩個人的共同生活是要勇敢地負起維持活命的責任的事」，對於無職業收入的他來說，沒能幫到妻子的心境竟也表現出另一種與共同生活目標有距離的疏離。

　　到後來洪水來了，妻子在對岸叫著，李龍第在那當下選擇切斷與妻子的關係，拋棄原先現實生活中的自己，隨著和陌生女子表示自己叫亞茲別的同時，跳開原先在家庭中寄生的地位進入虛構的情境開始用自己的潛意識對話。擁抱著陌生女子的男主角，在現實生活中與他人和社會疏離，可是無法融入的心全在這一場奇異的水災中得到補償，存在與虛無在那一瞬間變成眾人皆醉唯他獨醒的狀態：

被水沖走或被人們踐踏死去，不要在這個時候像這樣出現，晴子。現在，你出現在彼岸，我在這裏，中間橫著一條不能跨越的鴻溝。我承認或緘默我們所持的境遇依然不變，反而我呼應你，我勢必拋開我現在的責任。我在我的信念之下，只佇立著等待環境的變遷，要是像那些悲觀而靜靜像石頭坐立的人們一樣，或嘲笑時事，喜悅整個世界都處在危難中，像那些無情的樂觀主義者一樣，我就喪失了我的存在。（七等生，2003：179）

〈我愛黑眼珠〉藉由李龍第在現實與虛幻（被壓抑的意識）間的交相對白，點出的也正是六○年代人們在社會中找尋定位的不確定與慌亂。在以身分地位為參酌的工業社會情境下，七等生表現的或許正是人們在不能確定自己存在價值的情況下所會發生的內心／社會衝突，例如會不知道怎麼排列自己與他人的關係；而在人際間產生距離（屬心理疏離），或因為沒有一個明確的職務可以將自己栓在社會的大機器裡，造成人們覺得自己並不符合做一個社會螺絲釘的要求，而與整個大社會格格不入（屬社會疏離）。由此可知，在個人表現與現實社會有落差的情況下，像〈我愛黑眼珠〉中男主角一樣靠自問自答、自尋解釋的辦法來為自己解套，以釐清自我潛意識倒也不沒有可能。這樣理解的話，回到文本看李龍第抱著陌生女子，且喃喃自語的表明自己最融入當下的那種情境，相對也就變得鮮明且可以理解。

古人說：「文如其人。」葉維廉說：「作者在跟外物接觸時，已經涉及作者和外物的對話（理解外物、質疑外物、批判外物等等）；其次是作者在創作時，選擇適當的語言表達所觀感的外物以及預期某些讀者群而調整表達的策略，也已經涉及作者和作品以及作者和讀者的對話。」（葉維廉，1988：33～53）換句話說，我們可以不談論哪篇文章表現了哪個作者什麼，但可以知道的是：作者們在時代變遷間一定也感受到自己的心理在某些規範下有感到疏離，或在大社會中有困頓的感受，否則就不會有〈我愛黑眼珠〉中李龍第那種內心意識流的小說出現。

三、鄉土文學中可看見的疏離

六〇年代之後，臺灣社會經濟型態從以農立國轉為經濟政策，也開始對外經濟開放的「出口擴張時期」，利用臺灣的廉價勞動力與世界市場競爭，形成以加工出口為主軸的外向型經濟體系。因為對外貿易，除了貨品的互通有無之外，相對的也導致西方的精神文化、社會風俗，也隨著經濟一併進入了臺灣市場，在中、西文化的衝突中，成了六〇年代初期為了抵禦西方文化而興起的鄉土文學論戰開始。

因七〇年代以來一連串外交衝擊，在自覺與反省的過程中，知識分子開始意識到應該正視現實，且有改革社會的必要，所以形成了一股回歸土地、參與社會的潮流，並推崇以鄉土文學紀錄小民生活點滴。這股潮流承接了六〇年代後期出現的寫實作品，加上對官方文學與現代主義文學的不滿，因此更加深創作者堅持

在文學上以觸動社會、反映現實為主要考量的寫實主張，同時也成為七〇年代的文學主潮。鄉土文學中強烈的民族性與階級性，在呂正惠的討論中曾舉王禎和和黃春明為例：

> 王禎和與黃春明他們的作品成為逐漸形成的「鄉土文學」最早的既成典範。這種時代氣氛影響黃春明和王禎和，使得他們的新作較有意識的去表現臺灣社會中的階級矛盾和城鄉矛盾。（呂正惠，1992：77～78）

所謂臺灣現代社會中的階級和城鄉矛盾，指的是臺灣隨著經濟結構的改變，有越來越多中產階級出現，社會組成的結構改變導致很多原先的傳統文化和教育受到影響，而漸漸失掉原貌，呈現出「殖民地」的性格，例如覺得留學美國為最高理想（原先的理想是學習對方的長處作為建設自己國家社會的參考，後來變成是成為洋人的跳板）、人際互動改變（原先是重人情味，後來變成有目的的交際）等等。西方文化的傳入與臺灣原先既有的文化產生了衝突，造成上層的人生活糜爛，下層的小市民被剝削壓榨，上下階層的境遇或許不同，但同樣的都是不知道自己所做為何、目標為何。不論小說文本中的主角們對這樣的矛盾發現與否，作為讀者所能知道的是：因為文化改變而造成的疏離，正隨著經濟結構的改變悄悄地出現。

　　七〇年代臺灣正面臨從農業過渡到工商社會的激烈轉型，非常多外資投入臺灣，外商公司也紛紛在臺灣成立分公司。工商主

導、經濟掛帥之下，質樸農村社會受到前所未有的衝擊，傳統價
值觀、生活方式、人際關係，都搖搖欲墜，而最質樸的、活在傳
統農村社會的小人物，也成為七〇年代的悲劇主角。他們或者繼
續生活在農村，眼見著農村經濟、生活、價值觀被衝擊的潰不成
軍，或者到都市外地求生，成為都市下層社會的邊緣人，渴望著
有機會翻轉命運。〈陳韻琳，2012〉

　　以收錄在《嫁粧一牛車》裡的短篇小說〈小林來臺北〉為
例，故事的一開始寫男主角小林正在做些打雜的事情，腦子裡卻
羨慕外國人搭乘豪華的飛機，嚮往有一天自己也可以成為正式員
工在櫃檯或訂位組工作：

> 週六早上8：00，小林把分內該做的都做妥了。櫃檯桌椅用
> 布抹了，地板拖過蠟，大門上的玻璃也小心擦淨……在這
> 航空公司上班快三個月，小林漸漸也勝任這一份差事……
> 他冀望有朝一日能夠成為航空公司的一名正式職員，坐在
> 櫃檯上或在訂位組工作。對他來說，那真是出人頭地的時
> 候！（王禎和，1993：219～220）

有一天同仁張總務因為家裡小孩生病請假，小林代替他處理公文
收送的事務，結果櫃檯的小姐一邊幫客人處理機票事宜，另一邊
卻在討論歡送會：

「晚上還是在第一飯店送雅利・陶？」艾琳問……「怎麼
不到中國飯店？第一飯店菜又不好！」……「那我要上紅
玫瑰做頭髮去。我這頭髮前天才做過，今天就毛成這樣
子……」（王禎和，1993：223）

討論的對話中，也非得穿插一兩句英文：

「琳達，馬太太他們的Reservations Confirmed了沒有？」
「OK了」「回電了？」「Sure！這可是馬老闆的事阿！」
（王禎和，1993：228）

全文的重點事件在於：馬老闆需要辦簽證。只因為「老闆的事比
較重要」，公司上下不管張總務請假的理由為何，硬是要小林將
資料送去給他處理，為了時效性，還讓小林打計程車送過去，告
訴他車費多少回頭再向公司報。乘坐計程車使小林內心起了衝突：

司機一扳下表，就是六塊錢。六塊錢可以由小林的鄉下搭
一小時的公路班車到城裡去……見公司的人計程車上下
班，城裡人畢竟比莊腳人有錢多多。啊！莊腳人自早至冥
不停忙碌，為著也只是一張嘴，其他哪敢奢想去……莊腳
人一個銀錢是打起四個結，那能像臺北人用錢用水般地，
嘩嘩啦啦，一點也不在意。（王禎和，1993：229）

　　小林見到張總務的時候，正好碰見他們一家要送孩子上醫院的慌亂場面，在旁邊看見的小林都覺得自己很冒失，人家女兒生病就該趕緊送醫院，他還拿著公事來打擾人家。張總務恐怕也是知道公司老闆最大的道理，罵了聲髒話後咬著嘴唇強忍住淚水，只能先將孩子、妻子擱著由他們去，自己先去跑公務。

　　結果小林回到公司等待的過程替張總務焦慮著，一方面替他擔心小孩狀況；一方面也擔心張總務是否能完成老闆的要求。相較之下，其他同事不是在處理自己的家務事，就是在想晚上餐會要怎麼打扮，對張總務唯一的關心只有這麼一句：「馬太太的出境證辦出來沒有？」沒一個人關心張總務到底怎麼了。最後小林只能在心中大聲叫著：「你們這款人！你們這款人！」

　　從〈小林來臺北〉一文中，可以發現臺北（或稱上層社會）與鄉下（或稱下層社會）的差異，例如姓名：在公司的同仁都崇洋媚外的都有英文名字（王禎和在文章中用了反諷的手法，比如Nacy南西寫成爛屍、P‧P‧曾寫成屁屁真），在底層工作的小林和張總務則無。又例如生活的對照：小林的爸爸把辛苦養大的鴨賣掉抵債，可是還拖欠兩三千，小林薪水一個月不過六、七百元，還要省著點花用才能湊錢寄給家裡紓困；臺北的同事去飯堂點佛跳牆一客一千兩百元、喝一杯咖啡五百元、前天剛做完頭髮又馬上要再上髮廊、上下班還搭計程車。

　　還可以發現西方文化導致價值觀錯亂的例子：

一個留學生模樣的中國青年呱呱不停地向坐在他旁邊的朋友拉唱：「……家裡那麼髒那麼亂，簡直談不上一點衛生，還有我父親那個德性……完全是一個小市民！我怎受得了！……哼！我還是趕快回我的美國算啦！」（王禎和，1993：239）

「凱瑟琳，聽媽咪說counter客人一大堆，媽咪實在忙不過，才掛你電話。媽咪swear媽咪絕對沒有惡意……凱瑟琳，你要媽咪向你道歉？……」「我的媽，女兒居然要媽媽道歉！這個世界真變了……」「……臺北好的學校那麼多，為什麼把女兒送到士林美國學校念書？洋規矩，洋到自己家裡，活該！」（王禎和，1993：240）

在故事的一開始，小林其實也是有「外國月亮比較圓」的價值扭曲：羨慕外國人且認為自己如果能在外國分公司裡謀得正式職務就是出頭天的表示。可是事件結束後，小林是否還會這麼以為，文本並沒有交代，也就不可得知了。

透過王禎和的筆下，我們可以發現工商業的進入造成人際的疏離：下層小民憂慮如何生活，上層階級憂慮如何更進一步往上爬，兩方關心的課題不一，也越趨沒交集（小林代表舊有的人情味——關心張總務，同事們代表重利益關係的都市人——事情辦好沒有）；以及西方教育改變了價值觀和倫理觀，所造成的親子疏離：接受西方教育的中國留學生看不慣自家父親、崇洋讓小孩

接受西方教育，卻又保有原先的輩分觀念，所以無法接受小孩子要求道歉。

　　如果將鄉土文學定義為在一個新舊世界交替的脈絡中人們如何反映傳統農耕社會遭遇都市社會的複雜心態，那麼在王禎和的小說集《嫁粧一牛車》中，就可以發現他用了許多與「經濟層面」有關的議題，來檢驗鄉土世界與現代性體制之間的互動關係。換句話說，臺灣社會在面臨新舊世界交替時，受到資本主義的影響，社會中自然會出現新的經濟交易模式（如〈小林來臺北〉中可見的，親子間有禮物協議、人際關係也帶有利益），作家利用這種模式來表現小人物，其實也正是反映臺灣從農業社會過渡到工業社會所出現的一些情況，以及面對臺灣逐步現代化、被外國經濟文化侵略的不適應。鄉土文學也許可以很單純的解讀成市井小民的摹寫，但看著下層小人物在大社會中的掙扎，其實可以發現臺灣既有的文化價值體系正隨著西方文化的進入在崩解，生活方式的變遷間接的也導致人際關係的扭曲與疏離。

　　臺灣前階段現代小說中所表現的疏離，大多是人際的疏離、社會觀念轉變間的疏離，以及傳統與新興的利益概念間的疏離。放大來看，同樣的社會裡，有人住洋房、高樓，擔心這家餐廳不好吃、那家髮廊做不好；但有人卻住小房間，憂慮下一餐要怎麼省才可以存得到錢。世界體系中的主流文化（美國文化）它帶著豐厚的商業資本進入以農起家的臺灣，相較起來弱勢的臺灣變成被經濟剝削的國家，甚至還可能變成被主體文化滲透而變成四不像的社會。看不見的影響造成價值觀差異所產生的疏離，在六、

七〇年代經濟體制改變的臺灣就已經被關心社會的鄉土作家們拿來作文章了,表示文化入侵所帶來的疏離課題,還有待我們更進一步地去釐清,這部分在八〇年代後將會更趨明顯。關於文化所造成的疏離,將在後續章節提出更多的文本例證進行論述。

第六章

臺灣現代小說後階段所透顯的孤獨與疏離

第一節　臺灣現代小說後階段中的時代心靈概況

一、體制改變下的臺灣

　　百年來的臺灣，歷經日本和國民黨的統治，外來的支配勢力一直籠罩著臺灣。前五〇年臺灣承受了日本的殖民統治（日本人在政治、經濟和社會各個領域都佔據支配的地位），後五〇年臺灣進入國民黨的統治時期，尤其在戒嚴開始後許多社會菁英消失殆盡或從此禁若寒蟬，國民黨階級控制臺灣的政治、經濟和文化生活，就像個統治者支配整個臺灣，始終帶著濃厚的殖民性格。直到體制逐漸民主化後，臺灣才慢慢脫離了被殖民的歷史命運。

　　雖然經歷了二十世紀五〇、六〇、七〇幾個年代的動亂不安，但是到了八〇年代相對地是進入較為平靜和穩定的發展局

面。從權威統治轉變成更多元、寬容、自由的八〇年代，在經濟上有著企業的轉變：臺灣的企業由六、七〇年代的勞力密集型轉成技術密集型，隨著國際市場競爭和技術水準的提高，靠廉價勞動力的加工出口也轉成以技術競爭為主的技術市場。除了經濟體制的改變之外，加上解除「戒嚴令」、開放黨禁及放寬言論自由尺度等，這時主張祖國和平統一的詩歌、散文、小說等作品開始生產，甚至有描寫與二二八事件相關的小說出現。

不同於日據時期和光復以後用方言或在語言表現上會有言不及義及語言選用的問題，八〇年代的作家大多具有一定的文化程度，且幾乎都用國語創作，作品中的鄉土觀念也有所淡化，不像過去著重「孤島意識」、地域觀念，而是變成在傳統觀念和現代意識中進行思索。例如較具有社會意識的描寫社會的弊端使人們意志消沉或描寫在惡勢力方面前採取逃避辦法的可能，或較貼近生活的小人物描寫，又或是從非正常的人物（偷拐搶騙等徒）為小說藍圖。整體來說，小說的表現從過去替整個民族定位的角度，逐漸變成探索周遭社會以及自己。

陳映真曾說過：「高雄事件以後，人們已經不再忌怕政府了。」（引自古繼堂，1996：600～601）當然，他說的不是無視政府的狀態，而是說明著八〇年代的小說主題思想衝破過往的禁忌，轉而走向自由和民主的思想多元化。原先鄉土派、現代派的文學被更多元的思維模式取代，形成嚴肅和通俗、實錄和虛構、武俠和科幻、歷史和現實、鄉土和現代等等萬紫千紅的爭放鬥艷局面。但受到地區生活經驗的影響，在八〇年代的文學演變上有

分為南、北兩派文學主張，這個分類用的不是地域區別，而是作家在作品中所呈現的意識型態。葉石濤是這樣說明的：

> 由於廣大南部擁有凋敝的農村和漁村以及帶狀工業地帶，這個地方的工業化和都市化還沒有北部那麼集中而輻輳，比都市還擁有廣大的田園腹地和勞動人民，所以一般說來南部沒有北部那種都市叢林裡高度消費社會的物化和異化現象。（葉石濤，1992：62〜63）

換句話說，因為經濟的方式不一樣，南部還是以農業社會為大宗，造成南部民眾的生活相對北部來說是較保守、傳統且遲滯的，所以南派的作者有較多農村生活的書寫（例如陳冠學）；而北派的作風，則如同白先勇寫臺北人一般，會比較偏重在汲汲營營的都市中掙扎生存的課題，目的是為了擺脫意識型態的束縛，也因此在手法上較容易採用後設小說、超現實、意識流等技巧。

　　雖然文學依寫作內容取材於都市或鄉村而分成南北兩派，但臺灣小說一直以來不管如何蛻變，大致都是以反映時代、社會趨勢，同時代表臺灣民眾抒發心聲，藉由描寫小市民悲歡離合的真實生活來給民眾帶來重溫生活經驗的機會。例如五〇年代小說的反共懷鄉、六〇年代的西化和前衛、七〇年代的鄉土化，儘管呈現的面貌不相同，但大多小說都能反映一種時代性的「共識」。但葉石濤卻覺得這樣目標具體而明確的主題，到了多元化、寬容、自由的八〇年代，面臨繁忙、多歧的現實臺灣工商業社會型

態，臺灣的小說卻發生「不知道要反映些什麼」的狀況。（葉石濤，1992：65～66）

八〇年代的臺灣在社會、經濟的自由化和多元化，以及資訊媒體的擴張，雖然有各式各樣的報紙刊物如雨後春筍般陸續登場，但文學卻已經不是過去六、七〇年代那種關心社會土地或農民生活的鄉土寫作。就葉石濤所言，八〇年代的報紙刊物的狀況反而呈現了臺灣民眾從過去的重農心態轉向功利掛帥且唯利是圖的心態：

> 八〇年代臺灣社會是高度的消費社會，以功利掛帥的資訊媒體所追求的不外是利潤，在這大前提之下，真摯的文學作品只不過是沒有任何商業價值的垃圾……嘈嘈雜雜的政治、治安，弱勢團體的抗議活動都會影響到作家的思維和內心感觸。作家越來越覺得無奈，有嚴重的無力感……（葉石濤，1992：34～35）

也因此，葉石濤認為五〇年代到七〇年代，雖然文學有不同的面貌和意義，但始終一貫地維持了人道主義的關懷。而八〇年代後的新人類作家，卻受到經濟和社會的影響，已沒有過往作家那樣把歷史情結視作包袱的使命感，反而多了遊戲文學和商品化的傾向。

成長於六〇年代到八〇年代的人，反映的是八〇年代整個臺灣社會的分歧、嘈雜與繁忙，大多數的人居住在都市叢林，或

在都市叢林中求學、就業甚至組織核心家庭（小家庭）。又因為高度消費的社會，以及政治上威權統治的鬆懈，物質生活富饒且功利主義橫行，造成人和人之間的關係越來越疏離。人際關係的疏離和冷漠不但在社會中的人際關係中造成冷淡，疏遠和敵意，在核心家庭的緊密結構中也出現了裂痕。例如每天忙碌地工作不停，一天之中很少有見面機會的夫妻，彼此回到家拖著一身的疲憊，打理孩子、整理完自己或家務後，便也累沉沉的準備就寢了，而不太有機會坐下來溝通交流。都市化社會導致人賣命於工作，夫妻之間無暇多聊不說，在與子女相處的時間上，也因為工作時間而受到壓縮，成員家庭間的溝通越來越困難，甚至就出現了外遇和分離的課題。

二、西化之下的時代心靈

　　七〇到八〇年代間的臺灣，現代派和鄉土派之間的爭議，充分顯示本地知識分子如何先於事實的接受了西方現代化論述（包括反現代化論述）裡對現代性的一些概念和立場。現代派作家對西方國家近幾個世紀以來發展的理性化社會組織和啟蒙性的個人主義甚為嚮往。而鄉土派則將注意力集中於世界各地現代化進程中一再發生的城鄉爭奪戰。都市化和商業化造成了城鄉之間的對立緊張關係，彼此爭奪屬民的戶籍、勞動力和認同感，無怪乎七、八〇年代臺灣鄉土文學作品中最常見的主題，是經濟起飛時期湧現的國內移民。（張錦忠等主編，2006：182~184）以西方現代化與鄉土文學二者間的拉鋸為例，我們可以再思索：到底是

該由西方現代化為出發點整頓臺灣社會？還是該以臺灣社會為主體，去思索如何借用西方現代化的概念來補強臺灣？

　　隨著信息時代的來臨，八〇年代的臺灣跟隨著世界潮流進入了改革期，隨著信息時代及網路時代的來臨，大量的訊息串流在生活中來去，科學和技術的發展，一方面也壓迫著人們奮力往前。能接觸的訊息多元了，思想也就不再像過去箝制於既有的課本內容，甚至許多學者帶回西方的概念，教育也好、社會思想也好，大喊著自由的同時，也就跟隨著很多問題。例如青少年面對成長的挫折和沮喪，因為物化的關係，在情感上不同於過去傳統社會含蓄內斂，轉而成了體力宣洩的性事。其實不論青少年或是成年人，被工業社會造就的階級以及資本主義的經濟所影響及束縛，這些物化和異化不但使得人人個別差異漸漸喪失，還使人們變成廣大社會結構中的一支螺絲釘；在個性一點也不重要的時代訴求下，導致大家喪失自我，對自我的認知和定位，變得模糊難以定位，也不知道自己是誰了。

　　八、九〇年代，臺灣文學中的日常生活觀念發生了根本性的變革，日常生活的主導因素由先前的注重生產轉向注重消費。表現閒暇、舒適，追求享受和欲望的滿足，成為文學的流行主題，大眾文化開始完全合法化。這使得文學的型態發生了深刻的變化。傳統與崇高的概念以及傳統價值體系逐漸瓦解消逝，文學的書寫主題為了滿足疲倦的靈魂，艱苦生活的描寫漸少，但市民日常生活，可能是都市裡的上班族故事，或是校園學生愛情故事等等則越來越多。

　　整個文學從原先五、六〇年代嚴肅的民族共識、熱血抗爭轉成貼近生活經驗、滿足個人心靈的小品的狀況，其實也在反映八、九〇年代人們不同於過去前階段的臺灣，隨著工業革命一路經濟掛帥以來，生活物質化、勞動階級化，大多數的人每日都兢兢業業於工作崗位上絲毫不敢鬆懈；也或許是受到資本主義的影響，人們越趨在意金錢與利益，重視個人的感受與獲得大於關心整個民族的意識與否。

　　以科技化為例，科技化是對「物」的，越是大規模、自動化的工廠越少看到人，取代人的是一部部的機器，而廠方要求的則是絕對的標準，倘若有差錯就會剔除。同樣的，為了講求效率，我們工作開始以電腦為工具，當人在使用科技產物工作時，也就產生了可取代與否的問題，同樣輸入電腦的事情，小明會做，小華也會；一旦小明不做，小華也可以立刻接手。不說在背後等著取代職務的人是否虎視眈眈，科技化的社會，其實間接的也提升了人的警戒心，工作效率是提高了，但卻也造成人與人之間少了人情，或是多了層防禦的隔閡。誇張的說：經濟的改變和科技的更新，使得人對工作必須更加兢兢業業，心裡苦悶、人們承受的工作壓力大，既然已無暇顧及自己，又如何有雄心壯志再去平天下、憂天下之憂？

　　曾經歷過日治或國民政府時期的人們，也許會這麼認為：「在臺灣逐漸脫離被殖民統治的陰影的時候，我們實在有必要對臺灣百年來的歷史作個全盤而深刻的反省。我們必須追問百年臺灣在政治支配、經濟生活、文化心靈活動、住民意識、社會勢力

的興衰與民眾抗爭，到底經歷了怎樣的轉折與發展？透過這樣嚴肅的歷史省思，我們才能發現自我；在發現自我的過程中，去尋求主體性的建立。」（林春成等編輯，1995：序7～8）但對新生的後代來說，就像林美容在《臺灣文化與歷史的重構》裡所覺得的一樣：

> 九〇年代由於執政當局的刻意貶抑、壓制，以及教育系統
> 沒有完整地呈現本土的歷史、地理、社會、民俗、語言等
> 等，導致年輕人不認識自身的文化，隨著時代與社會的變
> 遷，年輕人越來越難去想像以前人的生活樣貌，也越難去
> 理解文化的形成締造。也因此年輕人如果對傳統無法理
> 解，將造成臺灣文化之傳承與延續的問題。（林美容，
> 1996：30）

受到不同於過去五〇年代的反共教育（教的都是國民政府在中國大陸時的歷史），九〇年代後的教育逐漸改成以臺灣本土歷史為重心，但就如第五章第一節所述，臺灣人民的記憶建立在被殖民的經驗上，對年輕一代的學子們來說，在沒經歷過民族認同或與政黨抗爭的歷史背景之下，造成所謂的無「根」的錯覺，也相對缺乏過去知識分子努力建構民族認同、企圖提升人民族群意識、關懷低階住民生活受擠壓等出世的念頭。

　　除了教育的改變影響新一代人們的感受和認知之外，臺灣在資本主義運作之下，受到經濟資源的限制、稅賦的不公平等原

因，也逐漸發現有貧富差距越來越大的情形發生。這樣的狀況，
也可能造成臺灣居民心生不平，而與社會制度產生疏離，尤其是
現今的臺灣就如同共和國一般，有著各種不同的族群文化、不同
的階層、不同的世代。這樣的現象，林美容認為：

> 也許有人以為多元社會本來就會有不同的群體存在，不同
> 的次文化不是會使我們的文化更具多樣性嗎？問題是一個
> 文化內部的分裂越多，共享的部分就越少，就越難形成一
> 致的文化認同。或再牽涉到文化傳承的問題，牽涉到不同
> 的群體之相互了解的問題，也就會牽涉到臺灣文化未來發
> 展的問題。（林美容，1996：32）

這也就牽涉到文化認同的問題，就和西方思潮進入臺灣所造成的
矛盾一樣，加上失根的感受，讓人反過來會感到與他人、他族
群，甚或與歷經殖民歲月的前人、整個臺灣一路以來的歷史有所
隔閡。在這樣的疑惑和對未來充滿不確定的狀況之下，導致這時
期的人更在意的是自己在社會、世界上的定位究竟為何！同樣是
帶有徬徨的心靈，但不同於前階段民族認同這樣的大團體意識，
後階段的臺灣透過文本可以發現的時代心靈，是趨向針對個人自
我定位與在快速變遷社會生存的徬徨。

　　柴松林在《都市人心理》一書序中，引用了威爾斯在其所著
《富裕之後》一書所指出的美國狀況為例：「富裕之後的社會，
在物質方面，感到了成長的結果，帶來的是各式各樣的衝擊，汙

染了社會環境的生態；在精神方面，更是空虛迷惘，對於權威失
去了信心，只能冀求小我的解脫，這些導引出一個苦悶的轉型
期，對於美國中產階級，提出了許多新的難題和挑戰。」（龐建
國，1994：序）提出他認為不只美國有如此的影響，就連臺灣也
不例外：

> 當社會豐裕之後，不僅是經濟型態的轉變，財富顯著的增
> 加，或是消費者的物質慾望得到了滿足；同時，也導致了
> 社會文化方面的改變，無論人生在哪一方面：人生觀、美
> 感、價值、人際關係、生活方式，都出現了疏離的態度。
> （龐建國，1994：序）

他所要強調的，就是現代化社會雖然提供了物質的富裕，但物質
越高，人的精神卻容易越不滿足，甚至變成「對心理歸屬感有強
烈需求」的人。

夏濟安曾說：「小說家究竟不是思想家，他的可貴之處，
不一定是揭示什麼新思想，也不一定是重新標榜某種舊思想，他
所要表現的是，他在兩種或多種人生理想面前，不能取得協調的
苦悶，直接了當地把真理提出來，總不如把真理的艱苦掙扎的過
程寫下來那樣有意思和易於動人。小說家不怕思想矛盾、態度模
稜，矛盾和模稜正是使小說內容豐富的重要因素。問題是，小說
家有沒有深切地感覺到因這種矛盾和模稜而引起的悲哀。」（引
自黎湘萍，2003）培理（Bliss Perry）也說：

> 沒有人會否認小說所涉及的題材之重要，它的範圍就是人
> 生自身。人類在生存的種種情形之下的經驗，小說作者放
> 入故事裡的是關於人類的種種觀察、思想及感情……它可
> 以普遍也可以顧及事實。（培理，1967：16）

正如以上兩位學者所述：小說的範圍不脫人生，且要表達的是對
人生的矛盾或理解。換句話說，小說的題材其實反映的正是當
下我們所可能面臨到的問題。所以回到「共識」一點來說，如果
說八、九〇年代整個社會給人們是充滿不確定性的，又或是如殷
格索所以為的：「現代人雖不擔心會挨餓，卻厭惡生活的枯燥無
聊，對種種非人性化的制度規章日益不滿，而對心理歸屬感情
有強烈的需求。」（龐建國，1994：序）那麼也就不是葉石濤所
以為的「八〇年代的臺灣作家對宇宙、人類、世界、社會都缺乏
了堅強的世界觀，這是不折不扣的思想的貧困」。（葉石濤，
1992：66）

　　從小說文本大多以個人生活經驗或自言自語的意識流表現來
看，它反而是在體現這社會「讓人無所適從，感到茫然或疏離，
只好由自身開始檢視與定位」這樣的時代心靈狀況，而它就不是
葉石濤所以為的思想貧困了。

第二節

正向型孤獨與高處不勝寒型孤獨的相衍體現

一、反映八〇年代適應狀況的孤獨

六〇年代後，除了臺灣社會經濟型態的變化之外，開始有一批從國外留學歸來的知識分子，帶著西方存在主義、意識流等新的觀念進入文壇來看社會。一直到解嚴前，臺灣有很長一段時間都是處於由農業轉向工業的保守壓抑狀態；八〇年代後期，隨著解嚴的開啟，才進入具備多元文化及追求自由開放的民主政治時代。原先一黨獨大的政治生態，出現了其他反對黨制衡；經濟體制也從加工出口的工商業社會，轉變為服務業為主。除了社會生態的改變之外，在文學上的表現也從原先針對殖民的抗爭，或反對西化的鄉土文學，轉而回歸到自身檢視，以強調個體或特殊群體（例如女性／勞工／同志／環保團體等等）的鮮明為主。

但改變畢竟不是一蹴可及的，誠如吳逸樺所認為的：一直以來，臺灣延續中國的農村社會，也因此在工業社會中，不僅個人的觀念和行為產生轉變，就是在家庭關係、社會關係上，也產生衝突或變化而形成的行動模式。（吳逸樺，2004：125）這時候的文本寫作也同樣在進行謀合或在價值觀衝突中求出路，表現在主題上則是跳脫過去反殖民、描述市井小民生活困苦，由這類表達對社會不滿的主題，轉而以社會變遷中的價值感為課題。

　　以王文興《背海的人》為例，這本小說用主角獨白的方式寫作，故事是在講一個自稱為「爺」的半盲退伍軍人因為盜用公款被開除，又因為欠下賭債，於是逃避到荒貧的深坑澳漁港，在一間租來的仄狹浴室裡棲身。接著做起看相生意，用瞎矇的方式斷言村人的生死，且為了謀求一個固定職務，在名為「近整處」官僚機構裡和多少有些心理殘疾的辦事員們鬼混。後來窮途末路的「爺」起先厚顏向教堂的外國神父借錢，又向店家賴帳不成，繼之以偷以搶，最終就像他曾經參與捕殺的狼犬一般，被村民追到山裡圍剿，最後棄屍在海上。

　　就「爺」這個角色來說，正如同書名《背海的人》所欲彰顯的，爺既是背離人群的，也是背離深坑澳的。從一開始被放逐到南方澳為起點（如同人的降生毫無決定性），爺就覺得自己到了一個鬼地方，包括他所居處的空間與他人相異（孤立、狹小、幽黯、與人隔絕的洗澡間），再加上他本身的病痛（胃出血、痔瘡、氣喘、跛腳、瞎眼等等）和後來遇到的事（被妓女凌虐），甚至是對其他對象的認同（漁民、妓女、近整處的辦事員），對爺來說一切都不是他所認同的，只有在關係自己利益或情慾的當下，他才會對一些東西或人有短暫的認同。他拒絕與社會中其他人同等並存，但又強調個人的存在以及完全不受他者束縛的自由，所表現出來的孤獨，一方面是來自於身為知識分子的自負（覺得受過教育的自己怎麼說就是和別人不一樣，是深坑澳這個鄉下漁港人們所不能懂和理解的）；一方面是強調自我的存在（人從出生就是孤獨的，生老病死傷痛勢必都得獨自面對）。

在小說中，爺曾有說過一段：

> 爺這個人就是有這麼一個怪癖性：非要得有「孤獨」這一
> 著兒東西來的個的不可⋯⋯孤獨、閉禁、牢房、放逐，其
> 實都是一模一樣的一篸子事情⋯⋯而爺就極其喜歡被放
> 逐！放逐是反而得使爺感到自由無牽，一身暢快不緤。放
> 逐在過去的時候是迫害的代名詞，在現代二十世紀則殊屬
> 可能變成自由的代名詞的了。（王文興，1986：24）

由主角自己說出來的孤獨，等同於閉禁、牢房、放逐，甚至是追
求自由的意思，由此便可看見不同於臺灣現代小說前階段文本裡
對孤獨的理解。前階段的小說多用第三人稱敘事的方式，寫作者
眼睛看到的狀況，和人物面對事情時可能的對話或動作，在孤獨
議題的表現上，會利用主角和他人意見不合而被孤立在外；或是
主角雖然在人群中，卻感覺自己像是孤立的一樣（例如在喧嘩的
場合中，某某突然覺得自己很孤獨）；或是當形容詞表現主角的
單獨（例如某某孤獨的站在那裡）。而王文興在1980年代所出版
的《背海的人》這本小說，則是改用第一人稱自言自語的寫法，
主角爺對孤獨的詮釋則變成是對自由的追求，或者是說對個體存
在的追求，因為這些議題太哲學太值得思考，所以離開臺北（臺
灣的中心）到封閉的漁港（跳脫禁錮反而更靠近自由了，對知識分
子來說），有自己一個人獨處的機會，也才能進一步思索人所以存
在的意義。爺這種看似被動的拋至一個自身未能選擇地方的放逐，

反過來說變成他在深坑澳這個地方開始擁有自己的自由。孤獨在這裡變成主動追求的，正向思考的，且牽涉到自我價值追求的。

八〇年代作品中的孤獨，大多和《背海的人》一樣，是建立在背景為五〇到七〇年代的生活經驗之上，在孤獨上的表現大致不脫：在資本主義社會的都市下，感受到氾濫的商品與依舊孤獨的自己、在西方思潮潛移默化中，有了存在主義概念而知覺的孤獨、在臺灣思想解放之下，對議題有新的體悟而發現與所思課題／人群／社會有距離的孤獨。雖然八〇年代這段期間的寫作課題和六、七〇年代所關心的西化影響類似，但這段媒合期的表現方式與臺灣現代小說前階段相異的地方在於：過去的文本多由作者營造情境給文本人物孤獨（外人所賦予的），而此階段的小說寫作，則多用第一人稱，讓主角自己從生活中遇見孤獨（文本主角自己尋找到的）。

二、孤獨在九〇年代重視個體情境下的表現

九〇年代臺灣受到國際化的影響，加上資訊產業的蓬勃發展，隨著電腦的普及和網路使用率的提升，個人網頁的建置、資訊快速的交換以及人際關係的經營不再侷限於面對面一途，這年代所表現出來的樣貌是豐富、多元的、追求速度的；但轉個彎來思索，這樣爆炸的資訊量和虛無的聯繫方式，卻反而成了眾聲喧嘩但無一規準可遵循的情境，也因此導致使用者雖然在網路上與他人的訊息不斷，但失去了現實生活裡具體的人際依附關係，面對冰冷的電腦反而更使人在下線後感到孤獨。

　　感到失落、無助或是被他人劃分的負向型孤獨，是過去到現在一直都存在的，在此節中就不多贅述。隨著社會風氣的開放，仇視外來文化的狀況逐漸減少，褪去反對西方思潮的聲音不說，大多數人開始檢視兩種文化並存且相輔相成的可能性。正如同馬森所以為的：在臺灣，上一輩的作家繼承了五四以來中國文學關切社會問題與鄉土風貌的優良傳統，以使我們感到真切的筆法，為我們記錄了一個已逝的社會與那一段歷史中的人間情貌；而年輕一輩的作者，使中國文學的面貌超越了作為政治教化工具或作為消閒品的範疇，用作品使讀者感到自己如文本主角一樣置身在這個世界同步的呼吸，成了我們生命與生活中可感觸的一部分。（馬森，2000：獻詞與謝詞16）

　　九〇年代的文本主角，更貼近了我們的生活，也更能讓讀者隨著情境去反思自己是否和主角一樣感到孤獨以及為什麼。例如朱天心的〈威尼斯之死〉，角度是從一位作家的自述開始，內容是分享自己創作的歷程，如何構設文本劇情，又如何受到周遭環境的干擾：

　　　　依我個人的經驗，實驗（寫作）本身所需的時間短則一兩
　　　　日，長則半個月，而元素的採擷則短自翻查字典裡的一個
　　　　字，長到前述的數十年或甚至一生。大多時候，我覺得自
　　　　己最彷彿一個拾荒的人……就是那樣！我們這種創作方式
　　　　的作者……老是若有所思、若有所求的拖著一個大吸鐵，

踽踽獨行於城市和荒野，更行過漫長人生的每一路段和角
落。（朱天心，2002：64）

作家的話語雖然沒有很直接的說自己是孤獨的狀態，但在文本中
作家不只一次的想告訴讀者，他如何在東部坐了整個早上不事他
務或在一人獨居海濱的時候寫了什麼樣的作品，甚至說自己既是
藝術家卻又可能被視為精神病患（藝術作品好比一條河流，藝術
家藉著意識所構築的河堤，以特有的形式（詩、小說等等）將原
始生命力導向大眾；倘若意識的藩籬分崩離析，導致原始生命力
四處流串，那就變成了精神病人）。（朱天心，2002：61）換句
話說，這個小說裡的主角，是接受一個人存在且獨自思考的，甚
至會因為寫作的需要而進一步的去尋找可讓自己獨處不受干擾的
寫作地方（例如東部、適合的咖啡店、習慣的店員）。
　　就整體來說，〈威尼斯之死〉中並沒有出現作家內心感覺
多寂寥或多無奈這種負面的情緒性字眼，整個過程所展現出來的
是作家樂在孤獨其中，且對他的創作和觀察是有幫助的。但是在
最後作家卡在書寫一個A和B通信的故事，在沒能替A最後的回信
下定案的狀況延宕數日後，作家突然發現到自己習慣的咖啡廳換
了老闆，杯具換了、像不存在卻又熟悉的服務生也換了人；那一
瞬間，使得作家只花了五分鐘、三百字，就輕易的執行了結局：
「A在威尼斯槍斃了自己，然後B繼續在遠處等待來信」，接著
作家在踏出咖啡廳後一邊感到哀傷，一邊在與國中女生擦肩而過

的時候猜想未來她們之中有一人或許會是他的妻子，因為他是如此的孤獨和寂寞。

雖然一路創作以來，作家一直都是使自己處於孤獨的狀態且在其中悠然自得，可是故事到了最後，作家卻隨著處決了小說中的A，想到真實生活中與自己音信斷絕、形同陌路的朋友。雖然在現實生活裡和作家同樣在城市裡活的好好的，但就好像小說裡的A是因為死了所以無法再和B（作家自己的投射）連絡，也因此他突然感覺到被遺留下來獨自一人的孤獨，從而想找個伴來作陪。

〈威尼斯之死〉文本中的作家，一開始他是樂於處在孤獨中找尋題材、和自己對話的（正向型孤獨），可是後來他隨著自己寫的作品而突然想到和好友的關係就這樣停止了，而感到寂寞與孤獨（變成負向型孤獨）。這樣的例子，其實正可以說明「孤獨」的客觀，它會隨著人的心境轉變而在光譜（見圖3-3-1）上移動，並非固定在負向型或正向型就不再變動。但如同前述，有別於前階段小說對孤獨的描寫，〈威尼斯之死〉的孤獨是來自於文本中作家的自我表現，而非作者旁觀的角度所賦予他的。

隨著政治的鬆綁和社會風氣的開放，在九〇年代的作品中，也出現強調解構主體性、去歷史深度、身分流動多元等過去很少處理的議題，尤其是「性別意識」的覺醒，更帶動女性文學、同志／酷兒文學如雨後春筍般陸續冒出綠芽。（范銘如，2012）同志的議題在白先勇筆下雖然被處理過，但他寫的畢竟還是以「性別認同」中掙扎的狀況較多，然而九〇年代的同志文學是跳脫了社會性別認同，直接用同志為主角「我」在作品中直白的表

述，是跨越了性別認同直接處在自我性別中的。例如林文義的
《流旅》描寫異性戀與同性戀對抗的意念，寫主角何方（同性
戀）和林書平（異性戀）兩人間各自內心的情慾糾纏，兩人各
自從青少時期回溯起，連縣個人生命歷史中最慘淡的記憶，與成
長後情感上的艱難困厄，及其最後試圖求取某種相惜與和解的
努力。

其中男主角何方，身為同性戀的他不只一次在內心對林書平
說著曾經的愛戀情緒，但礙於他清楚林書平無法接受同性戀，也
擔憂自己是不是真的會被他打從心裡感到骯髒而厭惡，甚至連朋
友也做不成，所以他只能在自己內心說著這樣的話：

> 我這支離破碎、流放的孤獨靈魂，朽敗、腐臭的空白軀
> 殼，再也不敢承受情愛的拯救；書平，你僅是我一生最美
> 麗與蒼茫的久遠記憶，如同遠天之星，僅能仰望而再也無
> 以觸摸，因為歲月悠悠，你早已不再是最初的你，我也
> 不再是那個懵懂、左營海軍眷村的少年何方，我們都被
> 無情的年華逐老，我將你最青春、燦爛的一頁予以凝固，
> 像水晶球包裹著千萬年前的冰河遺雪。（林文義，2005：
> 147）

對何方來說，他知道自己身為同志是孤獨的（就靈魂上來說），
所以自己只能持著愛慕林書平的心，在孤獨的情境中調整自我將
書平當作最初戀人的心境，轉而讓他變成摯友。

　　只可惜最後何方雖然想通了，也打算開啟另一個同志戀情的可能時，作者卻賜給他被追求對象抗拒而一刀刺死的淒美結局，讓他進入另一層次的追求：

> 誰的血？是我，還是他……我的胸口，結結實實沒入了匕首，我送給尤里，我親愛的俄國小男孩，鑲著蛋白石，雕著可蘭經文的匕首，現在，他原物歸還了，只餘刀柄，刀刃在我心中。夜好深了，暈眩又清醒。博斯普魯斯海峽潮水的湧聲，氣味從來就不曾向此時此刻這般的心領神會；我想回家，好想好想……我想回家，明天書平會返回伊斯坦堡，我要等他。（林文義，2005：184～185）

即便知道自己是孤獨的又如何？最終也只能在飄渺虛無的另一個層次中追尋那一直無法述說的愛情，這是林文義筆下的同志愛情，終究無法進入開花結果，只能在精神中綻放，但肉體卻已死去。

　　相較之下，另外值得一提的，是邱妙津的作品。邱妙津的作品不單處理同志的議題，還含有女性存在主義的思索。在邱妙津的作品中，其實也有不少最終用死亡來換取精神的追尋，但是過程中她除了有許多對生命的荒謬和同性戀者如何在社會制約中企圖逃脫的痕跡，更特別的是她的作品中不是只針對「個人」存在主義的議題作處理，而是更進一步的處理「女人」這樣的性別存在個體，包括女性如何認同自身的性別、戀愛取向和對抗傳統以父權為中心的社會文化。

　　例如《鱷魚手記》中的主角「我」曾寫下一封告白信給她摯愛的女子水伶，信中這樣寫到：

　　　對於我身外另一個人類的渴望這件事……像原本就雕刻在
　　那裡的圖案從模糊中走出來，清楚得令我難以忍受，那是
　　屬於我自己的生存情境和苦難。你知道的，我總愛上女
　　人，這就是我裡面的圖案……之於你，愛上女人是件自然
　　的事……而我是你年輕的父親……你眼中的平凡幸福，是
　　我被判必須孤獨地承擔屬於我們共同命運的重量……我一
　　直沒辦法愛上男人，那種情況就像一般的男人不會愛上另
　　一個男人一樣自然……我發現自己以一種難容於社會、自
　　己的樣貌出現之前，它已形成它自然的整體了。（邱妙
　　津，2006：116～118）

透過「我」書信的內容，可以看到作為一個同性戀者，除了必須承擔社會壓力之外，還必須擔負與現實格格不入而導致的心理障礙。在《鱷魚手記》中的主角「我」處於一種不安的生命狀態中，因為無法對自己的生存角色產生認同，而導致自己三番兩次的逃開摯愛水伶，就像上引的內文，她一邊清楚知道自己在與水伶的關係中，自己就好比男性的角色，一邊又知道自己這樣的戀愛傾向並不符合社會的遊戲規則，而因此知道自己注定是孤獨的。

　　像《鱷魚手記》裡這種因為性別意識認同而產生的情慾孤獨，並非不知所以然來，而是當事者自己所清楚的狀態，這樣的

孤獨便屬於正向型孤獨中自我察覺的表現。從邱妙津以「我」的敘述方式自剖小說中人物的情慾中，它所透顯的另一個部分是女性個體的情感體驗，是逃開社會框架或婚姻以追求自我個性的，也因此她筆下的孤獨心理體驗，可能是由獨語（寫書信也算是獨語的一種），或自虐（例如《蒙馬特遺書》中的「我」最後渴望死去來換取愛的永恆），或對自我存在的質詢（例如《鱷魚手記》裡面的「我」）。換句話說，孤獨的課題到了戀愛取向和性別認同的課題上，它反而不只是情緒的表徵，轉而是一種意味著頑強抵禦外在，以追求個體成為自我或回歸最原始自己的必要條件，也唯有理性的面對孤獨這樣的生存狀態，才能在獨舞裡堅守且保有最原始的自己。

除了掙脫社會規則，企圖跳脫社會價值觀之外，還有一種孤獨的表現，是覺得社會規範不符合個人程度而產生的，可能是追求自由、追尋自我而產生的。例如《傷心咖啡店之歌》裡面的海安，既有著俊俏的臉龐，又有一定的社會地位、財富，這些社會制度下的東西對他來說都不是問題，金錢不缺的他出資讓朋友們開咖啡店，卻又不參與經營；他和朋友們大談如何追求自由，卻不輕易談自己的感情。

對感情可有可無的態度，對其他人而言，是海安對自己美貌太過於自戀的表現：

> 吉兒說：「我總是覺得海安是美好形貌的受害者，我認為他病態的自戀，自戀到這種程度是全世界最孤獨的人，因

為他拒絕面對其他人的感情。海安他病了，瘋狂一樣追逐
著他自己的影子，已經陷入一種旁人無法觸及的孤獨絕
境……」（朱少麟，2005：193）

「覺得孤獨的人，會覺得自己活在沒有共鳴的世界裡」。就魏蘭
的說法，孤獨這種感覺其實是心理內部狀況的投射，一個人會
把自己內心裡原發的意識和感覺，當作是外面來的。所以他認為
覺得孤獨的人，可能是因為他的心靈缺乏共鳴的情形相當嚴重，
或是因為他對自己欠缺了解所致。（魏蘭，1999：84）可是《傷
心咖啡店之歌》裡的海安從頭到尾都不曾說過自己孤獨，也不曾
說過什麼負面的情緒，而是他周邊的朋友覺得他在追逐自己的影
子，是旁人無法觸及的孤獨。

　　其實海安並不如朋友們所想的這般無心，朋友們只知道他
一心嚮往再到馬達加斯加見耶穌一面（耶穌是另一個長得很像的
人），所以誤以為他只是自戀的在找自己的影子。到小說的最
後，女主角馬蒂到馬達加斯加追尋自由時遇到耶穌，並在耶穌面
前被當地的強盜誤殺而死，使得耶穌有這機會帶著馬蒂的骨灰，
巡著馬蒂皮夾裡一張傷心咖啡店的卡片來到海安的面前。直到那
時候，大家才看清海安一直在追尋的：

　　「你能夠對自己坦承嗎？……你不能對自己坦承，所以你
不能面對我……你想要我。為什麼不敢說？我花了三十年
才找到你，難道你還要再躲我？」耶穌說話了，他說著清

　　楚的中文，「是的，因為我們相像，所以我不願再見到你……讓我去吧，不要再拉住我。」「我讓你自由，只要讓我跟著你走。」海安叫道，他搶過耶穌的小陶甕，狠力摔擊到地上，喊道，「我讓你自由。」小陶甕在地上摔裂了，迸成碎片……海安撿起了陶甕碎片朝自己的臉頰猛割下去……原來海安真的有感情，他愛他。原來那一切的狂放不羈，頹廢荒唐，都是因為海安封死在內心深處的，冷峻的純情。（朱少麟，2005：373～374）

　　海安雖然在大家面前表現出無所謂，但在他給予大家揮灑歲月的空間的同時，他自我內心其實是有所追尋的，但是礙於大家將他引以為目標的面子問題，以及不確定他人如何看同性戀的不安全感，他只能將這份情感放於心中，而轉化成用優勢塑造自己為大家的偶像，企圖表現他人眼中的那個自我。就如同科克所說的：我們和別人相處時容易導致自我的破碎和流失，原因是因為人的不安全感。在別人面前，我們總是會自覺或不自覺的築起一道道防線。有時是為了保護某些我們覺得很重要的自我形象（例如父母會在孩子面前努力保持有責任心的形象）；而有時候，是因為面子的問題。（科克，2004：152）

　　又如同魏蘭另外說的：當我們碰上太痛苦的事的時候，常會把我們的注意力從經驗裡抽離；這類經驗和意識或知覺的關係，因此失落無存，以致我們再也沒辦法了解這些經驗，而我們也假裝這些經驗沒發生過，這些都屬於一種叫「壓抑」的複雜心理。

出現壓抑，我們不只是和痛苦的記憶失去了聯繫，連帶也和受制於該經驗的那部分自我失去了聯繫。（魏蘭，1999：84）

　　換句話說，海安不斷想要擺脫大家在遵循的社會價值，一直在追求自由，覺得沒有辦法與社會共鳴，轉而用放浪不羈的樣子來偽裝自己，其實就像邱妙津所處理的「我」一樣，是困在性別課題裡的。可是邱妙津筆下的「我」受限於社會規範，在傳統價值觀內載浮載沉而痛苦、矛盾，但是《傷心咖啡店之歌》中的海安，卻已經跳脫了社會框架，不把社會眼光、社會規範當作一回事，而注重自我內心的追求（擺脫一切束縛，只求最後能與耶穌在一起），他表現出的是另一種尋求自我歸屬的孤獨，這並不是社會所能夠給予他的，所以他只能在規範之外／個人內心裡追逐，成了高處不勝寒型的孤獨。

　　從其他人眼中覺得海安是孤獨的，再比對海安自己沒這麼認為。可以發現其他人就好比我們一般的人，因為生活在社會這個大群體中，會比較在意人際感情的歸屬，認為人際關係是需要接觸頻繁或相互有什麼具體關係的，要不然就是家庭提供滿足，不然就是透過宗教的皈依，否則就會覺得他人或自己流於孤獨（感受負面的）；而海安則代表著接受孤獨可以是正向追尋的一類人，他們不一定要透過在社會中取得地位來彰顯自我實現的狀況，反而比較注重如何在自處的情境下，進一步的了解自己。

　　從以上針對「孤獨」課題所舉的例子，可以發現不同於前階段的孤獨（多用於負面情緒的表現，或受外在影響的），八、九〇年代所書寫的孤獨，大多建立在存在主義之上，是更重視「自

我概念」的。如果說作品是順應社會現況而生的產物，是作家著重自己對那個時代或文化的體驗和觀察，那麼從作者處理「孤獨」此一課題的流變上，甚至是《傷心咖啡店之歌》的銷售狀況（原本默默的上市、默默消失的書，卻因為在網路連載，觸動許多人的心而造成回頭熱賣且一刷再刷），我們可以發現近些年作家，甚至是我們，比起過去老一輩的人問自己可以給社會什麼回饋、能在社會上如何表現，我們更在意的是「自己」，「自我概念」的覺醒導致我們會想要從文本閱讀中找尋自己可能的身影，或想透過網路書寫定位自己等等。在無所適從且變遷快速的社會中，我們或許無法完全的跟上腳步，但至少很努力的企圖在抓住自己，這是我從孤獨中所看見的。

第三節　心理疏離與社會疏離的紛繁展演

一、因現代化所造成的疏離

　　根據紀登斯（Anthony Giddens）的定義，現代社會裡出現的一個特殊現象是，人們對自身某種行為或社會狀況從事系統性思考所得到的新知識，經常反過來對這種行為或狀況的未來走向產生影響。當現代性在二十世紀中晚期由歐美向非西方國家加速擴散時，有關的論述和美學形式也必然對現代性在當地的發展產生形塑的作用。戰後現代主義美學被引介到臺灣的時間點，正好是臺灣社會正要進入新一波快速現代化之前。因此，臺灣現代派和

鄉土派的作品不但不代表當地居民對已然到臨的現代性的反應，反而由於這些作品在人們心中植入對現代性先入為主的想像，應該被視為臺灣社會現代化的一個型塑力量。（張錦忠等主編，2006：182）

張錦忠認為文學作品不論是現代派也好，鄉土派也好，裡面寫到人們對現代化的抗拒或適應不良，不完全是人們本身就有意識或感受到的，有更大的可能是人們透過閱讀，從閱讀中型塑出現代化的樣貌。所謂的現代化，指的是十八、十九世紀以來由於工業化和資本主義發展所造就的一個特殊而複雜動態的社會過程和結果。（瞿海源等主編，2005：15）主要的轉變是從依賴大自然的農業社會，轉變為以機器生產的工業社會，原先依賴土地維生的模式之下，人類有控制自己時間和進度的掌握權；工業化的結果，則是使人變成受雇者，每個人只負責生產流程的一小部分，再與其他人、其他部門合作，另外再有個權力集中的公司組織在頂端，形成「科層組織」。

對八、九〇年代的人們來說，原本可以自我掌握的勞動，轉變成由他人控制的勞動，在自己無法決定的情況下，追求工作職務上的表現以獲得認同，就成了一種幫助自己定位的方式。換句話說，在這樣的社會下一個人越是能為自己的經濟利益奮鬥，就越能對社會的物質進展有所貢獻；而為了達到維持經濟利益這樣的目標，人際關係變的不再是「你吃飽沒」這樣的關心，反而會變成「你在哪裡高就」，有越多的關係對自己在社會中的立足也越有幫助。反過來說，如果在這樣的社會變遷下，一個

人沒有表示身分和定位的工作或職務，便會與他人、社會產生
疏離。

以駱以軍《遠方》中的「父親」為例：

> 我父親的晚年，陷入了某種困境……他陷入了「說東道西
> 最終招致眾叛親離的孤立處境」……我對他最後充滿活力
> 的印象，即是他不斷拿話筒撥電話，充滿忿恨地對某某說
> 另一個某某某的壞話：「……老哥，這話你千萬不能再告
> 訴別人，就我們兩個知道……這個某某，你知道他所長是
> 怎麼拿到的？要死喔……」……之後他又會拿著話筒和另
> 一個某某說這個某某某的壞話。（駱以軍，2007：285）

對「父親」來說，老了閒賦在家後反而與他人疏離了，平時的
「父親」並不多說話，也只有拿著也許早已過了數十年前記憶裡
的往昔恩怨，在他們那個凋零老人的狹隘圈子裡當話題與他人攀
談著的時候，好像還忙著些什麼。《遠方》中的主角「我」看見
了自己「父親」的孤獨，而我從他所描述的「父親」的行為，看
見他正盡可能的在維持社會與人際的關係，以免自己越來越與他
人疏離。然而，可悲的是再怎麼拿話題來聯繫，終究脫離不了拿
社會制度下的階級、身分等等來開講。

像《遠方》裡「父親」這樣潛意識連話題都以「別人如何
取得更高的身分」來說，可以反過來說：正因為社會所賦予的標
籤，提供了我們定位的依據，才導致我們習慣用標籤來評斷一個

人。換句話說，「父親」這樣的表現正是高度現代化的結果，現代化不僅產生商業消費主導、強調專業分工、科層組織，甚至整體社會出現用「金錢」為衡量標準，用一個人的薪資多少，一個人的公司如何，一個人能買得起多高價位的東西，來評估一個人能站的多高、多有價值。

　　價值的評定正如《傷心咖啡店之歌》中的女主角馬蒂所遇到的情境，作者一開始就安排她參與了一場婚禮場合，在與同學相會互動中，發現自己終究逃離不了都會社會下以成就、收入定位自我的困境：

> 法蕾瑞很寂寥地靜靜抽了一根煙……她用全部精神研讀著馬蒂的名片……「唉，很不錯嘛妳，薩賓娜。」她將名片放進手袋，順手又掏出一根香煙，「這家公司很難考的耶。做多久了？」「不久，才四個多月。」馬蒂不想騙人，她的確是在這家公司待了四個多月，只是已經辭職了半年多。「真好。聽說妳結婚了是嗎？怎麼不見你老公？」……談話至此，法蕾瑞大致覺得已善盡了禮節。（朱少麟，2005：7）

女主角馬蒂必須用根本已經離職無效的名片來介紹自己，她無法說出她目前無工作的真實狀況。這樣的狀況除了印證社會交換理論（Social exchange theory）中人們之間的相互作用取決於報酬及相應的成本，會尋求報酬大於成本的行為之外，也正說明著「遞

名片」這種社交的動作成為社會中的「潛規則」。（杜加斯等，
1990：17）透過報酬心態的考量，人們間的互動少了單純關心對
方生活，甚或關心對方這個人到底為人如何等背後的意義，社會
標籤間接的導致人與人之間的疏離。

又例如同學法蕾瑞用同樣的社會價值觀介紹其他的同學給馬
蒂聽：

> 「妳看戴洛，帥吧？他現在是P＆D廣告公司市場部總裁，
> 早就說他很有前途的。克里斯多佛，聽說體重不足不用當
> 兵，畢業不久就去作貿易，專門賣鞋子到中東，再進口毛
> 線原料回來，生意越來越大。皮埃洛做國會助理，不過上
> 次他的老闆落選了，現在做什麼我不知道……凱文，聽說
> 很不得意，工作換了又換，現在又跑回去念研究所，你不
> 覺得太晚了嗎？」（朱少麟，2005：9）

法蕾瑞這些社會價值觀評論的言語，讓馬蒂沒辦法專心融入，沒
有達到這套社會標準的馬蒂覺得自己像是個局外人，是和大家有
距離的。由此例可知，「社會標籤」是工商業社會現代化下的產
物，它造成了無取得標籤的人與社會產生疏離，且在心裡感受到
與他人搭不上話。

同樣的價值評論，不只是出現在朋友同事的交際之間，有時
候連家人都固守這套遊戲規則，用這套規範來評論我們的行為。
這樣的社會價值，在《傷心咖啡店之歌》中出現了兩次，一開始

是馬蒂在婆家遇到的狀況：

> 馬蒂辭職賦閒在家，公婆什麼也沒說，只是自動將每日聚
> 餐延伸到午餐與早餐，以一種老人家的耐心與執拗強迫馬
> 蒂規格化她的生活。馬蒂在家的時間長久了，他們就非常
> 愁苦，認為這媳婦異於常人；馬蒂出門的時間久了，他們
> 也非常煩惱，隱隱約約覺得沒有幫兒子管束好媳婦……
> 「馬蒂呀，我們方家可以說是從來沒有餓過妳一頓飯。妳
> 去整理行李吧。妳走吧。別說我們兩老妨礙了妳。」……
> 兩肩各背了一包行李，馬蒂步出巷子……終於，終於走出
> 了這個家。（朱少麟，2005：25～35）

在女主角沒有工作的情況下，她成了婆家的壓力，於是被請出家
門，無路可去的她，只好回家。其實馬蒂自己心裡很清楚：

> 人不是風，人甚至不是狗。馬蒂想到為今之計，是儘快找
> 到工作，找到住所，找到她在社會上的定位。（朱少麟，
> 2005：35）

即使馬蒂心裡很明白，在借住父親家時也很努力的投履歷想找個
不錯的工作。這一回她不是被動的在家中等機會，但是社會價值
的影響在馬蒂等待的時間中又發生了：

「爸爸幾年前還在想，妳要不就趕緊生個孩子，孩子來
了，有事情忙忙，人也好比較安定一點。妳說是吧？」
又來了。爸爸還有方家公婆最喜歡的論調，「有事情忙
忙」，好像馬蒂的生活一向多麼偏差頹廢放浪形骸，好像
沒有一個固定的工作把作息穩定下來就是一種精神上的病
態一樣……「工作找得怎麼樣？」……「這家公司老闆姓
陳，他爸爸是我老同學，現在他們公司在找一個女秘書，
得懂英文，我跟他們說過了，他們說想請妳過去談談。就
談談嘛，也不費多少工夫，妳去不？」（朱少麟，2005：
44～46）

一般的社會價值觀，已經發展到完全以產品與工作為主的階段。
換句話說，每天按時上下班，每個月領一張薪資證明，證明自己
不是經濟社會的累贅，似乎是理所當然的事。反過來倘若你跟別人
說你不必工作，別人就會替你緊張，或覺得你是社會裡的寄生蟲：

「……一個人能保證他的價值觀一輩子不變嗎？人都是這
樣的，年輕時追求狂放痛快，到老了又要安逸舒適的生
活。自己的價值觀別人無可干預，但如果到最後變成了社
會的寄生蟲時，社會何需平白對他付出成本？……這個社
會是處處充滿極端，所以才需要有步伐沉穩的人，不受風
潮左右，維持著社會生存的命脈。人到了一個年紀呀，就
得要有社會使命感才沒有白活。」（朱少麟，2005：142）

　　以這段話為例，表現出的正是社會中每個人面對工作、金錢、前途的價值觀差異。也許我們沒有想過拿掉社會標籤，也習慣活在這樣的社會之中，但是我們都是透過認知學習來取決生活所須，到後來我們開始會去想自己在這社會做這些事情到底是為了什麼，什麼才叫做沒有白活。對馬蒂說這段話的公司老闆陳博士，表現的是社會大多數人所認同的社會價值觀，而馬蒂認為「鄉下有鄉下的人生，如果人的一輩子不只是要賺錢，那離開工作也不算損失」這樣的想法，在大眾認同的陳博士價值觀下，反而變得是不切實際且不符合社會需求的。

二、家庭功能改變而產生的疏離

　　工業前的社會中，人需要他人直接的服務。家族中的分子需要緊密團結，就連在家族之外也都須有親朋協助，或主僕的扶持；因此社會的行程是以家族為核心的職業分工，因工作的性質而把人分成不同階層：治人的、勞心的、勞力的。然而，工業文明首重由機器承擔的操作，只要分配適當，人人都可以享受機器大批生產的成果，節省了大半光陰以從事自我教育與娛樂。但工業產品和社會福利制度的興起，使凝聚力最強的家庭失去對個人作物質供應的效用，漸漸的在經濟生活上，人成了一個獨立自主的個體。又人與人之間的服務，也變成間接性的（由機器代替），導致人與人的瓜葛愈來愈少，因而產生疏離。另一方面，工業需要工作人員的機動性與分散性，也導致原本聚族的舊傳

統由大縮小，隨著家庭關係的改變甚至破裂，不曾產生其他形式或力量足以使分散的個人凝聚起來，間接的使人明顯的在社會環境與社會關係中變的孤立。（馬森，2000：孤絕的人代序 19～20）

　　如馬森所述，對家庭需求的改變造成家庭失去對個人做物質供應的效用，人的獨立反而成了家庭關係分崩離析的原因之一。王文興的《家變》便是描繪五、六〇年代傳統臺灣受西化衝擊後對家庭的影響，《家變》一書是在敘述主角范曄從小時候對父親的崇敬與依戀，隨著他受教育被西方思潮影響後，反過來開始質疑「家」存在的意義和必要性，也覺得父親從小對他的看好，都只是為了養兒防老：

> 家！家是什麼？家大概是世界上最不合理的一種制度！它也是最最殘忍，最不人道不過的一種組織！在一個家庭裡面的人們雖然在血統上攸關密切，但是同一個家庭裡構成的這一撮人歷來在性格上大部都異如水火，怎麼可以不管三七二十一的把他們放在共一個環境裡邊……為什麼要有家庭制？這個制度最初到底是誰無端端發明出來的？人類在開始的時候也許是出自「需要」，至需要靠一家的團結來拒對外患，可是時至今日我們顯然悉已經必定不會有外凌的傷害，想不到居然反而是一家人自相內部互相的相殘……（王文興，1987：181～182）

> 事實上如果我們開眼看一看其他的異種西方國家文明，
> 看看其他的高等文明，就會知道根本就不認為「孝」不
> 「孝」是重要的東西，在他們的觀念裡邊好像完全歷來就
> 沒有注意過是有這樣的一個需要……一切的問題都在於
> 「經濟」兩個字可以解釋。今日的年紀耄老的人彼等之所
> 以高張孝道是因為……一概是因為的需要「積穀防飢，養
> 兒防老。」只是這麼的為著自己自私己利的計算而已。
> （同上，182）

受西方教育的主角范曄，利用所學到的知識回頭檢視過去自己和
父親相處的狀況，從年幼時對父母崇敬而依戀，到進入青春期對
父母的憤恨、抱怨多於敬愛，一直到成年，擔負家中經濟大責後
鄙視庸俗無能的父親。

　　像范曄這種因為受了西方教育，過度的擴張每個人都是獨立
個體這樣的理論，導致回到家中無法接受既有的中華文化，而認
為傳統家庭觀念只是為了養兒防老並不符合時代潮流。這樣的中
西方思想的落差，不但使主角感到孤獨，也間接的導致親子關係
疏離。

三、無所不在的疏離

　　人類的文化，是沿著三種不同的關係在演進：第一種關係是
人與自然的關係；其次是人與人之間的關係；第三是人與自己的
關係。這三種關係的成立，是基於人類一項基本的特質：人，生

而疏離。（韋政通，1981：26）換句話說，人從出生到世界上，就必須為了存活而與自然取得和諧、與他人共存於世界，甚至是必須知道如何照顧自己。「人，生而疏離」這句話，所指出的是人的存在，牽涉到要和各界各層面有所接觸，是無法完全只獨有一人而不與他人／世界有任何接觸的。也就是說，當人所以為人，就逃不開與人接觸、或與社會有關的疏離課題，現代化的影響所造成的也好，思想改變所造成的也好，舉凡與人有所接觸／或不接觸，都可以是疏離的。

可以是政治議題所導致與社會有所疏離的。例如朱天心〈從前有個浦島太郎〉中的男主角李家正，是個被放逐三十年後回歸的政治犯，從他一回到城市裡，到與妻子相處的模式，甚至是整個生活，他僅能用保持距離的方式，或寄出一封封檢舉信來保護自己，用以面對自己所擔心的「是不是生活中大小事情早已被滲透」諸如此類的問題。患了迫害幻想症的他，直到最後無意間打開了妻子的箱子，看到家人懶得拆封的獄中家書和妻子並未代他寄出的檢舉信，他才恍惚的發現自己一生的時間就像在自言自語：

> 在秋天，日夜等長的季節，他回到這個城市。用不著看第二眼，就知道這是一個人們漫不經心卻又傾盡全力所建造的潦草城市。（朱天心，1998：93）

> 他輕易的又被猛烈襲來的強烈恐懼激怒得無法入睡……無論如何就人類這種動物來說，他們是仍保有動物冒險犯

難、充滿變異特性的稀有族群。然而後面這些人種的註定
減少消逝（自殺、監禁、獨身），劣幣驅逐良幣的將是一
個愈來愈趨疾弱的人們的世界，所以……所以，他思索了
好多日，並歸納不出個結論來，好比他應該要主張什麼、
反對什麼。（同上，95）

他與妻像衛兵一樣的換班……他從來不知道在他入睡後的
妻，在做什麼……他只覺不方便探究……他無時無刻不小
心翼翼，他不希望因為自己的闖入，帶給任何人任何的不
便與改變。（同上，96）

他曾經像青春期春情發動的少年窺伺他的妻……數日下
來，筋疲力盡的發現她比記憶中的母親還要年老，這往往
使他失去現實感。（同上，101）

　　也可以是在感情中找不到確切位置所產生的疏離。如平路的
〈微雨魂魄〉由一個第三者的女性自言自語，從她發現天花板上
有水漬開始，她一邊想像樓上的房客可能正在做什麼事情，一邊
叨叨絮語的說著自己遇到車禍時無助卻又不能隨意打給她所依賴
的男人河豚，甚至很多片段的碎語，都在與河豚完事後一併吞進
肚子裡，也沒能說出什麼。最後，她邊說著自己的寂寞，一邊將
天花板的水漬用油漆漆掉，靠自己的能力完成了這份工作，也連
帶的結束了比寂寞更加寂寞的第三者戀情：

> 有一次，別人的機車把我撞倒在地上，額頭滲出血絲，我
> 扶著頸子半天爬不起來。有人好心報警，救護車送進急診
> 室。我也想不出來應該通知誰……警察做筆錄的時候，對
> 方那邊湧進了好多幫腔的人，大聲小聲在責備我，像是我用
> 兩條腿走路，反而把人家行駛在路上的機車撞倒了一樣。
> 誰教我只是自己一個人。（蔡振念編，2003：340～341）

> 我在做什麼？我到底要做什麼？有幾次僥倖找到他，河豚
> 接起來，聲音怪怪的，好像搭錯了線……後來，過了好久
> 之後，我總算學會了克制自己……除了怕他老婆起疑，更
> 怕接不上線的荒疏之感……（同上，346～347）

> 睡在床上，一聲接一聲的電話鈴聲，很清楚地從七樓上傳
> 下來。滴鈴鈴滴鈴鈴，聽了讓人心慌慌地。一個人鋪床，
> 一個人疊被，一個人坐在飯桌前，再把桌上自己的那副碗
> 筷放到水槽裡。那天水淹起來的時候，電線桿倒了，停電
> 了，媽媽也是一個人坐在茫茫無邊的黑暗裡。（同上，
> 349）

〈微雨魂魄〉裡女主角所以與社會和人群產生疏離，是來自於她
不被社會所認同的身分（第三者），就如同女主角一開始的自
言自語「我從來沒講過與自己有關的故事，感覺好奇怪喲，真不
知道從哪裡開始講起」。雖然她將情感很努力的放在情夫河豚身

上，可是情感的歸屬沒有一個確切，加上她因為自己特殊的小三身分而無法定位的自己，變成自己也不知道如何說起，甚或在遇到事情的時候也不知道能找誰或如何處理。這些情感上需要依賴人的部分如果無法取得一個定位，人不僅僅是與社會疏離、與群眾疏離的，甚至就會變得像〈微雨魂魄〉裡的女主角一樣，連自己都覺得自己陌生。

又或者，是因為個人所持有的特殊能力，而導致與他人的疏離。例如楊照〈黯魂〉中的老人顏金樹，在他六十五歲的時候突然想起父親過世那天的情形，大姐當時說爸爸最後一句話是「伊說伊被『死亡』整整糾纏了一年」，那時候的他以為三十九歲就面臨死亡的父親覺得死亡是一件很不甘心的事，所以才說出那樣的話。結果年紀大了，身邊的朋友一一如父親預見的方法死去，他也才發現自己有了預知能力（也因此如同自己的父親被兒子視為瘋子一般，他也被自己兒子幽禁起來）。預見自己身邊的人如何一一死亡的魔咒讓顏金樹想過要像父親一樣自殺，可是他又清楚的知道這不是他的死亡方式，他應該要死於荒謬的情況。後來被監禁的他找到最大的樂趣──讀歷史。但也因為他知道每個歷史人物真正的死法，也就知道多少歷史在說謊，從讀歷史中顏金樹接受了自己的特殊能力，當他看到兒子年老時在書房讀武俠小說，大概是心臟病發作吧，這樣的預見前景，他不禁笑岔了氣，就這樣荒謬滑稽的死了。

〈黯魂〉中的老人，承襲了父親的預知能力，很多事情其實他比誰都清楚真正的來龍去脈，也因此造成他與別人注定有距

離。整個大社會的歷史，周遭人們信以為真的事實，對他來說都是一種錯誤，可是也只有他自己最清楚，即便說出口，別人也只會以為他思緒脫軌在亂想或是瘋了，這是心理層面他自己最清楚的與眾人疏離；而後面顏金樹被兒子隔離起來，則是形式上與他人無法聯繫的疏離，但隔離的了人，卻終究無法侷限住思緒，顏金樹自己是清楚的。作者使用「荒謬的」形容詞來解釋顏金樹最後笑岔氣的死法，或許荒謬的並不是他的死法，而是整個我們信以為真的歷史，真相並不如我們所看見的字句，而是個荒謬的文字存在罷了。

　　以上所舉的三個例子，各自從不同的面向書寫，有從政治角度出發的；有從第三者角度撰寫的；也有如〈黯魂〉這種為特殊能力人而寫的，這些人的疏離大多來自自己與他人的不同所產生。舉這些特殊例子，想說明的是八、九〇年代文學作品廣泛延伸的觸角，除了在主角上選用過去前階段鮮少處理的課題以外，在寫作手法上也跳脫由作者說故事的方式，轉而直接用小說主角的角度向讀者自白。疏離的課題不像前階段集中在人際間的疏離、社會觀念轉變間的疏離，或傳統與新興的利益概念間的疏離上做文章，後階段的現代文學所透顯的疏離，反而讓讀者像韋政通所認為的「人，生而疏離」，它表現出：我們只要還有一天需要和別人接觸，疏離就註定存在，而且是無所不在的。

第四節　文化疏離的內化與迴圈呈示

　　綜合五、六章所提及的孤獨與疏離，可以發現對臺灣的人民來說，從早期的殖民經驗一直到現在受西方潮流影響，生活無不是在適應外來文化與企圖強化本土意識中度過。很多的孤獨與疏離，都來自於適應過程中人們發現自我文化與外來文化間產生衝突而矛盾。

　　就如同馬森在孤絕的人代序中所提到的：我們的這個時代，在工商業一片繁華的盛景中，不免感到心靈的荒瘠。每一個時代都有其矛盾的對立面，然而過往歷史中所存在的矛盾對立均不及今日所顯現的這般明確強烈，因為我們從傳統的舊夢裡醒來時，忽見我們的兩腳竟深深地陷在現代的急流裡，這時我們的心中免不了湧出一種張惶失措的迷離。現代化造成我們心靈在極度的張力下向兩極分化：一邊是我們習以為常的傳統價值；另一邊是優裕新穎的豐足生活，何取何捨成了今日每個人所面臨的最大問題。（馬森，2000：孤絕的人代序17～18）

　　一種新民族意識的產生不是憑空降下的，當一個社會的政治、經濟、文化條件發展到新的境地時，一種新的意識就會被孕育出來，這是很自然也很正常的。（林央敏，1988：183）從臺灣現代小說前後階段的流變，可以發現不論是過去尋求民主、自由，或到現在回歸個體與整體的相互追尋，孤獨與疏離這兩大課題一直都是存在的。換句話說，如何在異文化與本土文化間取得

平衡，是個重要且值得思考的問題。馬森也曾經說過：有高度現代文明卻缺乏深度的歷史文化，人們須有加倍的堅韌才能適應。缺失了某種文化的扶持，人們就如離水的魚，如不傷筋動骨地轉化為兩棲動物，則只有枯死一途。（馬森，2000：獻詞與謝詞14）

　　大多數時間都在與外來文化謀合的臺灣，少了孕育自我歷史文化的空間與時間，也因此在臺灣的我們如果想要保有自我的文化，又想要與外來文化取得和諧，最根本的辦法不外乎了解二文化間本來存有的差異；唯有理解二者間先天的差異，也才有後續截長補短又不至於裡外不合的可能。以下範例將引用馬森的小說作品，佐以文化五個次系統的架構來作說明，希望能提供讀者發現本國文化與外來文化在本質上差異，以及理解我們在面對外來文化時為何特別容易有孤獨與疏離的狀況發生。

　　先從文化說起，對文化最古典的定義來自於人類學家泰勒（Edward B. Tylor）所著的《原始文化》（Primitive Cultures）一書，其認為：「所謂文化或文明，是一種複雜的整體，在其廣泛的民族學的意義上來說，是包括知識、信仰、藝術、道德、法律、習俗，以及其他由社會成員習得的所有能力與習慣所構成的複合體。」（引自蘇明如，2004：18）換句話說，構成文化的不只是能觀察、計算和度量的東西和事情，它還包含共同的觀念和意義，是統整性的概念。也因此，將文化統包的向度區分開來，依層遞關係恰好可分作終極信仰、觀念系統、規範系統、表現系統和行動系統等五個次系統（詳見圖4-3-2）。

　　文化五個次系統中的終極信仰，是指一個歷史性的生活團體的成員，由於對人生和世界的究竟意義的終極關懷，而將自己生命所投向的最後根基；如希伯來民族和基督教的終極信仰是投向一個有位格的造物主，而漢民族所認定的天、天帝、天神、道、理等等也表現了漢民族的終極信仰。而觀念系統，是指一個歷史性的生活團體的成員認識自己和世界的方式，並由此而產生一套認知體系和一套延續並發展他們的認知體系的方法；如神話、傳說以及各種程度的知識和各種哲學思想等都是屬於觀念系統，或用科學作為一種精神、方法和研究成果，也都是屬於觀念系統的構成因素。規範系統則是指一個歷史性的生活團體的成員依據他們的終極信仰和自己對自身及世界的了解而制定的一套行為規範，並依據這些規範而產生一套行為模式；如倫理、道德（及宗教儀軌）等等。所謂的表現系統，是指一個歷史性的生活團體的成員用一種感性的方式來表現他們的終極信仰、觀念系統和規範系統等，因而產生了各種文學和藝術作品。與表現系統相對應的行動系統，則是指一個歷史性的生活團體的成員對於自然和人群所採取的開發和管理的全套辦法；如自然技術（開發自然、控制自然和利用自然等的技術）和管理技術（就是社會技術或社會工程，當中包含政治、經濟和社會等三部分：政治涉及權力的構成和分配；經濟涉及生產財和消費財的製造和分配；社會涉及群體的整合、發展和變遷以及社會福利等問題）。（沈清松，1986：24～29）

　　世界現存的文化系統以觀念系統中的世界觀為依據，大致

可分為三大類：創造觀型文化、氣化觀型文化和緣起觀型文化。
在創造觀型文化方面，它的相關知識的建構（及器物的發明），
根源於建構者相信宇宙萬物受造於某一主宰（神／上帝）；如一
神教教義的構設和古希臘時代形上學的推演以及近代西方擅長的
科學研究等等，都是同一範疇。在氣化觀型文化方面，它的相關
知識的建構，根源於建構者相信宇宙萬物為自然氣化而成；如中
國傳統儒道義理的構設和衍化（儒家／儒教注重在集體秩序的經
營；道家／道教注重在個體生命的安頓，彼此略有「進路」上的
差別）。在緣起觀型文化方面，它的相關知識的建構，根源於建
構者相信宇宙萬物為因緣和合而成（洞悉因緣和合道理而不為所
縛就是佛）；如古印度佛教教義的構設和增飾（如今已傳布至世
界五大洲）。（周慶華，2007：185）

　　從個人在團體中感到格格不入而感受到疏離的負向型孤獨，
到反過來看著自己而主動與社會疏離的正向型孤獨，這其中的擺
盪都來自於「個人」與「群體」二者之間。以馬森《孤絕》中的
〈鴨子〉一文為例：

　　　　鬧鐘，七點。他伸手止了鬧鐘，眼睛睜了一下，馬上又閉
　　　上，腦中仍然盤旋著那個沒做完的夢。他坐在一輛火車
　　　上，好像就是公園中給遊人乘坐的那種敞篷式的小火車。
　　　車上坐滿了人，可都是些陌生人。他安靜地坐著，覺得有
　　　點孤獨，也有點焦急。他忽然想到幾個問題：他到哪兒
　　　去？他不知道！這輛火車開到哪兒去？他不知道！他為什

麼坐在這輛火車上？他也不知道！他因此而焦急不安。
（馬森，2000：77）

小說的一開始，用科技產物「鬧鐘」劃開男主角何正光的一日，象徵人生的火車突突突的從何正光的夢裡跑了出來，帶出何正光對生命的質疑：生命往哪裡去？

> 他扭開收音機……他開始作晨操……把淺鍋放在另一個電圈上預備煎蛋……提出盛橘子汁的瓶子，滿滿地斟了一大杯……關了熱牛奶的電鈕……把煎蛋一鏟就鏟起了起來，夾在兩片麵包裡。舉起麵包，忽覺喉中有一絲焦灼的苦味。直到現在，他第一次又想到那個沒做完的夢——坐在一輛不知開往何去的火車裡。（馬森，2000：78～79）

在作者的描寫中，男主角也只有將自己專注在生活裡瑣碎的那些小事、小細節上，才能避免再去想到生命的問題。可是當他動作完成到一個段落時，生命往哪裡去的課題還是隨著小火車突突突的衝進了他的腦海裡。

> 他走出門來……他開了車門，發動了馬達……忽覺得心中一動，好像忘了件重要的事情。什麼事？他這麼自問著。可是一時又弄不清楚是什麼……（馬森，2000：79）

「念完經濟又怎麼樣？」「找事做呀！」「找到事又怎麼樣？」「娶妻生子呀！」「娶妻生子以後又怎麼樣？」「不怎麼樣，跟大家一樣過日子！然後退休，等死，如此而已！人人如此，沒有例外。」……「你剛剛說的，娶妻、生子、退休、等死，人人如此，沒有例外？」「……你是學歷史的，該比誰都懂得這種道理。」「譬如說，不娶妻、不生子，不就例外？」「就是不娶妻，不生子，可是也得退休，也得等死呀！」「譬如說，不到退休，就……」「就什麼呀？」「就……就自殺！嗯，自殺！」「說什麼胡話呀！好好地犯得上自殺嗎？」（同上，81〜83）

在〈鴨子〉一文中，生命就好像一列火車突突突的往前行，進校園受教育、出社會工作、結婚娶妻、生個孩子、退休、等死，就像一套既定的公式，並不需要知道它往何處去，可是當我們反問除了這樣的公式以外，還有沒有別的可能時，像何正光這樣的迷惑便會不斷地放大，造成個體對生存與社會定位的質疑。在這裡，娶妻生子伴隨著的是「家庭」、「家族」的概念；而何正光在意的個人生命去向，則是屬於思索「個體」概念的表現。

為什麼其他人不覺得這樣的人生公式有問題，可是何正光卻為了這件事而焦慮與感到茫然？推到底來說，其實都和三大世界觀的終極信仰有關，心裡感到與社會有所疏離，以及無法認同社會制度而導致個人感到孤獨、想追求孤獨、想與社會疏離，這些都僅是淺層的文化性（在行動系統與規範系統裡），追根究柢要

了解的，其實應該是代表深層文化性的終極信仰和觀念系統。以氣化觀型文化和創造觀型文化來看「個體」與「團體（家族）」的衝突，如以下文化五個次系統的圖所示：

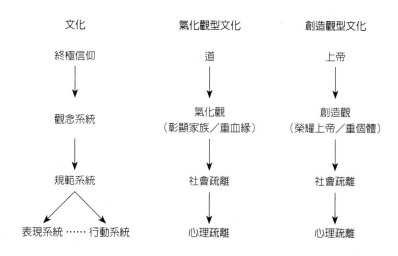

圖6-4-1　心理疏離與社會疏離在五個文化次系統裡的位階關係圖

　　現今影響全世界為大的西方文化，是屬於創造觀型文化。其終極信仰為上帝，做為上帝的子民，將上帝所賜予的能力發揚光大便是榮耀上帝的表現，又每個人都是造物主獨一無二的作品，如何表現自己以尋求未來成為神的可能，內化成歐美國家所重視及鼓勵的個人表現。深層的信仰雖然教導西方人應該表現優秀的自己以榮耀上帝為主要行事目標，但科學的出現一方面其實是在挑戰神權，企圖用科技來打破原先神所賜予的狀況，就和重個體的存在主義只強調個人的存在一樣。存在主義並不注重人怎麼

來，這樣的狀況也許可以解釋成：存在主義的重個體表現，其實是為了擺脫造物主統轄，越表現出自我存在的價值與意義，相對就越削弱上帝造人、賜人吃穿的概念。

至於傳統的中華文化，則是屬於氣化觀型文化。以道為終極信仰所形成的氣化觀，認為萬物都為精氣的化生（也才有練氣功、吃丹丸的現象），西方的科學將氣體更細緻的切割成氫、氧、水等分子，反觀氣化觀的我們卻在做集氣的動作（調息以納天地菁華）。換句話說，對信守氣化觀的我們來說，氣體的凝聚是獲得更大力量的辦法。用這樣的觀點來看我們的家族概念，過去的傳統社會強調樹大多枝，人越多也就越能彰顯家族的力量，不論出門在外有人可以投靠會比較有安全感，或是社會中有認識的親友會相對使後輩在謀求職務上方便許多，凝聚家族力量所表現出來的另一說法就是「重血緣」。

用這樣的解釋方法來看中西文化，可以發現二文化打從終極信仰這個本質上就已經有差異。也就是說，雖然我們所表現出來一樣有心理疏離、社會疏離，可是追求的最終目標仍然是有差異的。回到馬森的〈鴨子〉來說，何正光身旁那些認為結婚生子理所當然的朋友們，在潛意識裡是認同傳統文化的（氣化觀型文化），受終極信仰的影響，人從「出生、歷經求學、進而成家立業、最後死亡」是一個正常的循環，所以他們並沒有質疑生命到底是什麼這樣的困擾。可是受西方教育的何正光，因為有了「重個體存在」這種存在主義的概念，也才會出現看著鏡子反問自己「這是誰」這種質疑自己存在意義的狀況。

　　再回過頭來說，何正光為什麼會在夢境裡前行的火車上感到孤獨，也許我們可以這樣理解：何正光所以會感到孤獨以及與他人認為理所當然的生命循環感到疏離，是因為兩種相異的文化在他內心產生了矛盾且無法謀合所造成的。從他寫信給父母就可以看出衝突存在的端倪：

　　兒身心俱佳。所以多次來信未覆者……（馬森，2000：90）

　　希望你們不必掛念，兒身體很好。每天做早操，每星期去一次健身院……（同上，90）

　　好久沒寫信了，原因是學位沒有念完，怕你們聽了心裡不受用。不是給人刷掉的，是我自己放棄的；不錯，是我自己自動放棄的。很吃力，就是不放棄，能不能念得完，說實話我也沒有什麼把握。在這種情形下，為什麼非要念完不可？就是念完了，又當如何？我……（同上，90）

男主角何正光提筆寫信給父母，依序寫了三封，但不是斷尾被撕掉，就是被自己揉掉，最後他一封信都沒有寄出。從他寫的信裡，可以看出何正光這個人是保有傳統文化「重孝道」的，一開始是怕父母擔心，所以和父母說自己身心俱佳；接著還是怕父母擔心，所以寫運動的流水賬想讓父母知道他健康安好；但是第三封就開始出現衝突了，他在信中坦白自己很久沒寫信，是因為學

位沒有念完，一方面怕父母煩惱，一方面是疑惑自己就算念完了又如何。從第三封的字句就可以發現何正光受到西方存在主義的影響，已經有追求個人存在價值的跡象了，但是他最後選擇將信揉掉的那一刻，所選擇的還是「讓父母安心」。

出生、工作、結婚生子到死亡，這樣一個人生流程其實是屬於氣化觀型文化中的宿命論，在講求與萬物保持自然和諧關係的氣化觀裡，死亡是一種必然的結果，是到生命盡頭時的自然結束。可是何正光想要逃離這種宿命，他越是想要確認自體存在的價值（創造觀的個體存在概念），就越發覺得自己脫離不了生命公式（氣化觀的宿命論），兩相衝突之下，他越發覺得焦慮與不安，導致最後走上自殺一途：

> 他站在湖邊，打塑膠袋裡取出來的麵包，慢慢地撕成碎片，隨撕隨朝湖中擲去。那群鴨子都撲撲地游過來，爭食他擲下的麵包……突突突，突突突……可是他並沒有看見有什麼火車打從林裡穿出來，他彷彿又回到早上的夢境，坐在一輛敞篷的火車裡，坐在一群面無表情的陌生人中間。他要到哪兒去？他為什麼坐在這麼一輛車上？一想到這裡，心中立刻充注了焦慮與不安。他能不能奮身跳下去？可是跳下去又為了什麼？（馬森，2000：91～92）

何正光對生命的質疑，造成他在其他人面前感到疏離，就像他總陷入夢境中的生命列車一樣，火車往前行進，他卻因為身邊的陌

生人而感到焦慮。這種因為不同世界觀相矛盾、或衝突所導致的孤獨與疏離，不只是〈鴨子〉這篇有這樣的狀況，就連過去討論因為反抗西化而產生的「現代化之下產生的迷失」、「家庭觀念的衝突」等等，都可以用此五個文化次系統來加以分析與說明。就整體上來說，東方的氣化觀型文化下出現的疏離，或是西方創造觀型文化下所出現的疏離，就美感呈現上，都是屬於「悲壯」的（指形式的結構包含有正面或英雄性格的人物遭到不應有卻又無法擺脫的失敗、死亡或痛苦，可以激起人的憐憫和恐懼等情緒。悲壯美有些可以直接從字面或典故中感受到，但透過想像會使感受更為深刻）。

　　從文化的角度來分析「悲壯」美，就氣化觀型文化來說，因為人是由精氣化生而成，而氣是流動的、擴散的、一團渾沌以及諧和自然規範的，因此綜觀氣化觀型文化中的小說、戲劇等的安排，都傾向「悲轉喜」的設計（熊元義，1998：221～223；周慶華，2002：333～334），較少「一悲到底」的情況。換句話說，「悲壯」美在我們氣化觀文化之下，應該是較少出現的。而相較於氣化觀型文化的西方創造觀型文化中，「悲壯」美普遍存在的原因在於：西方人為一神信仰，在創造觀的影響下，認為上帝是唯一的、神聖的、崇高不可侵犯的，也因此回歸上帝是西方人所追求的理想（追求上帝的崇高）；但倘若是用盡心力仍無法達到崇高的目標，就會出現將墜落為悲觀的情結轉而追求「悲壯」來填補無法達到崇高的失落。

　　可是在中西文化交流的情況下，我們可以發現例如家庭觀念和個人概念間的取決，氣化觀型文化中，人因為受到外來文化介

入的影響，而發生個體無法融入家族想游離出來，甚或想脫離血緣的狀況；創造觀的人為了告別上帝的大家族且不被統轄，變成過度強調存在主義。原本傾向「悲轉喜」的氣化觀型文化中人，受到創造觀型文化的影響，變成了以「悲壯」來解決自身無法逃脫的矛盾（像〈鴨子〉裡何正光一樣選擇自殺以求解脫）。可是氣化觀型文化中人卻沒發現：無論再怎麼逃，血緣關係註定是無法改變的；同樣對創造觀文化的人來說，再怎麼想逃離上帝管轄，自己也依然無法變成那唯一的神。以上兩種怎麼都無法逃脫及改變的狀況，就變成帶有「悲壯性」的疏離與孤獨了。

第七章

相關研究成果的運用途徑

第一節　為語文教育增添新的內容

　　在兒童期晚期的小孩（也就是小學階段7～13歲間），除了學習學校課業、學習生活一些必備的技巧之外，心理學者認為此時期的兒童，最重要的是希望能被同儕們歡迎，且被認為是團體中的一員。（赫洛克〔Hurlock〕，1991：251～253）為了在團體中得到認可，此時期的孩子會開始出現惡作劇、參與排斥團體所不喜歡的人的活動等行為，間接的在學習社會生活。隨著小團體的發展，有些孩子可能會直接面臨到被隔離的處境，或是產生自己和班上同學並不同夥的感受，指導孩子看見文本中可能的孤獨與疏離，不但可以讓沒遇到此種狀況的孩子有機會透過閱讀，學習站在文本主角的角度看世界，也能幫助有遇到這種狀況的學生進一步從閱讀中找到適合自己採用的方法重新面對自己或是團體。

　　對於孤獨，依照個人與他人之間互動的關係，可以簡單的歸納以下幾種類型：（一）只要有交際的對象就可以消除的孤

獨，會一個又一個的改變交際的對象。（二）藉交際的對象仍然不能解除的孤獨，渴望真正的友誼，產生渴望擁有真正朋友的孤獨。（三）即使有真正的朋友，而仍感到人還是孤獨的孤獨感。（四）感受到如第三點的孤獨，轉而向宗教世界尋找內心依賴，因此間接與他人產生隔閡的孤獨。（堀秀彥，1975：29～30）對於國小的學童來說，只要能夠和同學間保持愉快的交談，且在談話的過程中只要稍微相投，就能成為短暫消磨時間的朋友，而讓自我得到滿足，也比較不會有所謂的孤獨感產生。

相對於國小三、四年級的學生來說，從兒童發展的歷程來看，五、六年級甚或國中生以後，會更適合討論「孤獨」這個詞彙和他的概念，因為隨著年紀的增長，到高年級思慮漸趨探究事理的階段後，人的心理會轉向新的朋友。就好比青春時期不斷在團體間嘗試的探訪友誼時期，此階段的孩子在團體中適應，相對會對孤獨和疏離的意境有較多的體會與理解。

舉卡夫卡的小說《變形記》為例，這篇小說有改編成兒童閱讀用的繪本版，也有普通市面上可見的文字版。從故事來看，它能提供學生思考關於：個人與家庭之間、個人與團體等面向的問題。就個人與家庭之間來說，學生能藉由《變形記》這個故事，來試著思考為什麼有些時候我們小孩子說話，並不被大人所接受，是不是我們不符合什麼社會規範（例如從格里高爾發現自己變成了一隻大昆蟲，他無法穿西裝打領帶，無法去擠電車上班，無法去和人家推銷談生意。從這故事片段中，設計讓學生討論為什麼大昆蟲不能做這些事情？穿西裝打領帶為什麼必要？上班的

目的是什麼？藉此來理解何謂社會規範，又社會規範是否必要，在團體間是否也有這些規矩存在）？又或是，讓學生去思考是不是家人的理念和我們有什麼不同，或是還沒溝通的地方，才會造成親子之間關係不和，或是有所衝突（例如格里高爾只是想出房門，告訴妹妹她不值得為那些不懂音樂的房客們演奏，卻嚇到其他房客。這並不是格里高爾的本意，但卻因為無法用有效的語言溝通，所以最後反而讓家人覺得他是來找麻煩。這樣的部分，就能讓學生去想，是不是有些時候，我們想表達的並不夠完整，或是想的不夠周全，還是有什麼問題，所以和家人無法有效的溝通，甚至容易被誤會、被責備）。

　　相較之下，思考和家人間的問題，對學童來說可能是個太困難的課題。而個人與團體間互動，反是兒童發展過程必經的課題；在兒童期晚期，每個孩子為了確認自己的身分，並學著被團體接受，便會有幫團的產生，在衣著、意見或行為等方面，儘量的模仿同儕，倘若父母所訂的規則與同儕們的不一樣，兒童會選擇符合後者，而非前者。（赫洛克，1991：278）這樣的選擇間接就會和家庭規範有衝突，而有些選擇前者的兒童，則容易在同儕間被排擠，進而被孤立。這種受家庭規範影響所造成的被孤立，可能會導致學童對父母親產生距離或不諒解，這時候如果能引導小孩理解家長的規範原因和同儕間規則的差異，或許能幫助孩童脫離孤獨與疏離所造成的負面情境。

　　又或者，可以讓學生思考自己在團體中的角色關係，不管是被排斥的角度也好，排斥他人的角度也好，讓學生進行角色扮

演，去嘗試說出站在不同的角色上來看事情，他們會看見什麼（例如假想自己變成主角格里高爾時，如果因為自己很特殊，卻無法用語言和他人溝通時，面對可能遇到的隔閡與不便，自己會有什麼感受？會希望別人怎麼幫助他們）？藉由這樣雙向思考的練習，可期望兒童理解雖然我們在團體中很努力的表現和大家一樣才會比較有安全感，那不一樣的人，並非可恥或可恨的，並不是一味的排擠他人，而應該是去了解為什麼別人無法和我們一樣容於這個團體。能學會站在他人的立場思考，未來也許換了環境，換自己對周遭感到陌生時，也才不會在自我內心產生很大的孤獨，甚或轉變成被排擠的角色而產生不適應的感覺。

　　不管是兒童也好，大人也好。其實我們都是努力在讓自己符合這個團體的規範、班級的規範、社會的規範；而無法符合規範的部分，就變成了像《變形記》中的格里高爾一樣，會被他人看成是個奇怪的生物，不能理解也無法被認同，間接的也會產生主角感到孤獨、想與大家疏離，或想逃開不接受自己的團體，孤獨一人存在著就好。很多的版本，將《變形記》改成簡易的繪本，為了讓學生感到有趣，內容都著重在他變成大蟲，和別人不一樣這樣而已。對初次接觸的學生來說，他們會覺得變成大蟲很酷，大蟲可以做很多跟我們人類不一樣的事情；就算有多涉及一些他變成大蟲就無法與他人正常溝通的議題，但是卻鮮少會更進一步的去談這中間的溝通出了什麼問題，而所看不見的規範又是什麼。其實，《變形記》並不是個天馬行空的奇謬故事，倘若我們將孤獨感放進來看，便會發現故事描寫的有多生動，而主角格里

高爾又有多無奈。不管是一個沒有真正友誼的人，或是一個渴望
友誼卻不能夠得到的人，又或是努力想要讓自己符合團體規範卻
發現自己總和他人不甚相同，這些狀況的本質又和變成昆蟲的推
銷員格里高爾有什麼不同？

　　文本，不僅是提供閱讀、休閒娛樂這麼簡單而已。舉例《變
形記》中可以加以討論的「孤獨」與「疏離」，主要目的是為了
提供教學者新的視野，如果教學者能妥善文本來指導學童認識
「孤獨」與「疏離」，從引導學生學會同理心看待團體外的人，
進一步幫助被排擠的學生了解自身可能遇到的狀況和處境，甚至
是讓學生知道每個人都需要擁有「自己的房間」（指能夠保有個
人部分隱私的空間。更進一步的說法是：能接觸自己的孤獨空間
／時間），使學生理解一個人既能孤獨（獨處／傾聽自我）又能
合群是對未來有益的（在未來面對事情的時候，不會茫然無頭緒
的隨著他人話語行動；保有孤獨的另一種說法，是能夠傾聽自我
內心的聲音，進而分析現實狀況與自身間的關係），不僅對孩子
未來面對事情、面對自己時後會有所幫助；使學童從小理解孤獨
與疏離，也可以預防未來碰到非出自於自身的疏離與孤獨時感到
徬徨與無助。

第二節　提供讀者認知及作者創作的借鏡

　　生命的每一階段各有其孤獨，不論是嬰兒期、童年期、青
春期、成人期還是老年期皆然，其中負面的孤獨多發生在缺乏人

際溫暖，或是覺得自己活在沒有共鳴的世界（心理內部狀況的投射），又或是因為在現實生活上遇到痛苦的事情，而把注意力從經驗裡抽離而導致；而正向的孤獨表現，則是暫時與外界隔絕，以親近自我為目的，或是逃脫世俗規範。不論是出世或入世，孤獨的追求其實都表現出尋找個人個體性、建立個人獨特性、追求和自我有更深刻的接觸、注重心靈更進一步發展等元素。

　　然而，一個人的存在價值常常建立於自己如何被社會其他人看待。不論是來自他群或我群，別人的態度對於自我形成、自我的社會生活、自我力量等方面，都會有影響，這就牽涉到「自我認同」的課題了。「自我認同」包括無意識的個人生活習性與品味，和必須透過反省及意識，對他人、歷史與未來、知識與信仰、語言與文化傳統等等有意識兩種。（瞿海源等主編，2005：173）這說明一個人在社會如何將自己定位，其實還是受到所處的文化終極信仰影響，而會有符合傳統要求的價值觀、語言、習俗等出現，個體的認同受到到社會整體認同的影響。也因此當習慣的社會價值和規範因為外來文化而產生動盪時，就容易發生疏離感（例如被日本帝國殖民的時候，夾在中國和日本之間的情境，造成人民產生認同的危機感；臺灣光復時的權威統治，造成居民既要學習從日本經驗中走出，還要適應新政府）；又或者是個人無法將自己有效的在團體中定位，也會發生疏離的狀況。

　　由此可知，人類不論是追求宗教、探索身心靈的出世孤獨，或是與社會有關係的入世孤獨，人算是天生需要歸屬群體、尋求親近感、需要和人和世界有關係的。理解「孤獨」與「疏離」這

樣的課題，可以幫助讀者未來透過閱讀想檢視自我的時候，可以了解一旦個體追求檢視自身的孤獨，就會同時伴隨著與團體／社會產生的疏離；又或者當讀者在文本歷史中迷失方向，感到自己是時代孤兒或與社會有距離的時候，也可以透過本研究所提出的文化五個次系統，重新幫助自己定位，替自己分析當下所接觸的議題是否有和自身的終極信仰不相同，所以才導致自身有孤獨與疏離二感受，而不至於總是陷入負面的孤獨與疏離感受而感到痛苦、徬徨。

在本研究中還有另一個目標，就是希望能夠藉由本研究，給予新一代作家在創作時，有新的參考方向。如同研究內文所述，文字的產生是來自於時代給予作者心靈上或思想上的悸動，然而現在的時代背景，已經不同於過去動盪的時代那種急著要入世、替大家發聲的情形，在挑戰多元文化的情境之下，作品容易出現「為賦新詞強說愁」這種無所適從的狀況，甚至是找不到可以關心的課題而變成只是在玩弄文字或是僅為了表現寫作技巧，那我們就得擔心文字中的情感是否會隨著時代的不同而難以表現真誠了。

文本的創作，除了抒發個人情志之外，身為作者其實也肩負了一定的社會責任，如何創作能書寫自我所感卻又能幫助閱讀者重建自我與社會關係的文本，便是作者可以再行思考的問題了。由本研究可以發現，受到歷史及文化的影響，現代小說中處理了不少人民在新舊文化之間產生的孤獨與疏離，但大多數的結局都設計主角感到惶恐接著無疾而終，或就這樣踏上自殺之途以

尋求解脫。過去這樣的劇情安排，是創作者可以再進一步思考的
課題；如果我們可以分析出過去文本中造成個體孤獨與疏離的原
因，就像本研究所發現的：最主要是來自於中西文化的終極信仰
不同。本研究所統整出的時代背景以及對人物心靈影響可以供創
作者作為借鏡，創作者在釐清相異文化本質上的差異後，是否能
夠一改過去僅止於感到矛盾、徬徨、無助這樣的表現，進而有新
的適應、新的美感描繪，讓小人物在文本中的美感不再只是文化
衝突下的「悲壯美」，而是進一步創作出回歸民族精氣化生「由
悲轉喜」的故事，則又是另一個可以想望的可能。

第三節　作為學界重振自我所屬文化系統的憑藉

　　社會學認為人是社會的產物，從出生受到父母的照顧，就出
現了社會關係，所以人的行為和思想是受到社會影響的，但回過
頭來說，社會與制度是人所創造的，所以也可以被人為改變；也
就是說，從小到大我們被教化在什麼場合該有怎樣的規範，這種
便是社會的規範，是我們從小到大透過不同方式被訓練而來的，
但是該怎麼做比較好這種規範，是牽涉到價值觀的。例如傳統中
國的五倫觀念模塑了中國人的家庭主義，孝順成為中國人價值中
一個重要的部分，這就與歐美強調個人的個人主義有相當的不
同；又例如中國人強調功成名就，但有絕大的成分是為了光宗耀
祖、榮歸故里，這與西方人為了追求財富彰顯個人來榮耀上帝也
是不相同的。（瞿海源等主編，2005：10～11）

　　從原始人類以來，為了克服大自然的限制而有意識地創造工具、組織社會，使大自然資源成為維繫生命的物質來源，到後來更新改革到靠機器的工業化，這些轉變到底給人類的生活帶來了什麼樣的變化？就工業化的影響來說，最顯而易見的是因為機器直接參與人類的日常生活，所以改變了人與自然的關係，也同時改變人與人之間的關係。在工業社會中，應聲而起的服務業改變了原先需要緊密團結、彼此提攜、親友協助、主僕扶持的家族體制；工業所需要的人員機動性與分散性，也改變昔日聚族而居的舊傳統，同一家庭的分子可能散落在各地賣力工作；通訊科技的發明也讓人與人面對面的機會減少，家庭逐漸由大而小甚至消弭於無形，團體由大變小變成獨立的行動個體；轉變的社會，也造成群居的人群，分散成為各自獨立的個體。

　　面對這樣的改變，馬森曾這樣說過：「以我國而論，自1840年的鴉片戰爭以降，中國註定與其固有的傳統告別。陶淵明的籬下菊、李商隱的藍田玉，以至曹雪芹的大觀園，這一切一切足以顯示傳統的中國人的嚮往懷抱、人生情趣，和特有的人際關係、生活方式，都隨著圓明園的煙塵一去不返了。不管以何種形式或途徑，中國都不得不步上西方工業化的後塵……然而，歷史本來就是種不得不然的進程。到了今日，中國人也只有盡力拋卻情感上的歷史包袱，勇敢地面對這一種現實。」（馬森，2000：孤絕的人代序18）

　　正如馬森所說的，隨著時代的邁進，改變確實不可避免。可是中西文化交會不一定非要抹除母體一路而來的文化，如果二

文化的立足點並不一致，那也就沒非要誰完全變成誰才是好的。就像第六章第四節所談到的，從小說文本可以發現個體與家族群體二者在中西方的終極信仰裡，本質上就不一樣，一者是想要媲美上帝、進而超越的創造觀型文化；一者則是精氣化生、講求自然諧和的氣化觀型文化。如果硬是要求氣化觀型文化中的人轉變到創造觀型文化中，就如同將一個靠氣體充滿才可以往上飛揚的汽球被迫洩掉空氣一樣，抽空本體的內容物，只會像氣球抽空空氣體一樣，變成只是個皮囊，而不是個有個人特色且能飛能舞的氣球了。

　　從以上的例子可以發現，即使是研究人與社會關係的社會學家，又或是關心自我認同及定位的作家，學者們雖然知道中西文化有差異，但也僅止於異文化兩端各自表述而已，鮮少有進一步的討論與比較，也沒有將價值觀（或是終極信仰）作完整的分析和對比。所以可以看見學者們發現人們受到相異文化的影響，可能會導致兩系統相衝突而產生「孤獨」與「疏離」，但是怎麼有效的幫助人們解除這樣的感受，這一個區塊則是目前缺少討論與引導的。透過第六章第四節所使用的文化五個次系統，可以幫助學者專家們從潛意識（終極信仰）來理解一個文化所以生成的規範起源於何，以及影響人民表現行為的可能等等。也唯有理解自身所屬的文化系統，重振自我歸屬將本體站穩後，才能在看見異文化系統的優點時，進一步截長補短，轉而強化到自身所屬系統；如果未能先行站穩自我歸屬，就急迫的想吸取異文化，必定會導致失根，甚或在本體系統與異系統間載浮載沉，造成更嚴重的負向型孤獨與疏離狀況產生，變成裡外不是人。

第八章

結　論

第一節　要點的回顧

　　康來新曾在〈隨風而散——試論臺灣現代小說中的失落感〉一文中提到：二十世紀文學的一個重要主題就是孤絕與失落，東方是東方，西方是西方，各有各的文學孤絕與失落，也各有各的形成因素。根據存在心理學家梅（Rollo Reese May）提出「人自由選擇的可能性越多，產生的焦慮也就越多」的說法，可以知道：科學技術的迅速發展、工商業的繁榮、文學藝術的多種運動和創新雖然給社會帶來進步，但是眾多的學術理論讓人一時難以適應，在難以找到穩定、整體和全面的觀點，且釐不清自己所以存在的最終目的，間接也會產生疏離和孤獨的狀況（詳見第一章第二節）。臺灣所面臨的不只是西方影響所造成的迅速發展，還牽涉到一路過來的殖民背景，在東西文化衝突下的臺灣人民在孤獨與疏離兩大課題中會如何表現，以及在了解兩文化間的差異後，能如何面對未來可能遇到的孤獨與疏離，成了本研究的主要目的。

　　本研究的「概念設定」涉及的內容為「孤獨、疏離、時代心靈、臺灣現代小說」以及「正向型孤獨、負向型孤獨、高處不勝寒型孤獨、心理疏離、社會疏離、文化疏離」二概念。研究中所使用的「孤獨」（Solitude）係指個人主觀自覺與社會隔離的孤立心理狀態（詳見第三章第一節）；本體特徵為「自主性的獨處」、「意識中沒有他人涉入」、「帶有反省性（或將觀察到的事物賦予新的意義）」（詳見第三章第二節）；類型可分為（一）正向型（自我察覺的／主動的追求）；（二）負向型（被人劃分的／被動的接受）；（三）高處不勝寒型（規範程度不符個人需求）（詳見第三章第三節）。來自孤獨的「疏離」則是指既有主體自身經驗的疏離感又含有異己概念的表現，其牽涉到的層面有三：（一）心理；（二）社會；（三）文化（詳見第四章）。

　　臺灣現代小說前階段所描繪的時代心靈，從早期先民橫渡黑水溝，歷經千辛萬苦到臺灣的開拓時期，離家背井、拋家棄子導致他們既無奈又無助且在工作之餘特別想念家鄉種種的心；到日本據臺的殖民時期，整個臺灣本土文化受到了日本文化的強烈影響，小自名字的修改，大至教育思想、政治經濟接受衝擊，轉成悲傷、愁苦、抑鬱的心；一直到國民政府來臺，反攻大陸的口號頻傳，離鄉背井的沈鬱蒼涼。人民一方面剛從日本人手中脫離，一方面又得適應接手的國民政府，再者還要背負反共的使命；從日據的殖民陰影到消除再到與同族的謀合，整個臺灣前階段的心靈在膨脹的解放感和對祖國統治者的質疑與批判下，是徬徨、無助且迫切渴望明確定位的。

　　自古以來一直很難表現出民族性格的臺灣，一直到日治後才開始出現試圖表達自己觀念和思想的「臺灣文學」，也因為文學剛萌芽，導致臺灣現代小說前階段在孤獨的表現多在正向型與負向型之間游移。整體來說，小說家著筆的重點在於個人民族意識的體現、以及個人在大環境中所感受到的變遷，所以筆下的小人物們雖然也會有自身情感所引發的孤獨（感情因素、角色扮演的責任等等），但更多的孤獨是小人物們急著想擺脫控制、脫掉歷史包袱、抗拒外來同化這種因為大環境變動所造成的（身在異鄉、西方文化衝擊、政治立場因素等等），所以很少回歸自身檢視、或企圖跳脫群體的孤獨出現。

　　從農業社會過渡到工業社會，面對臺灣逐步現代化，以及被外國經濟文化侵略的不適應，在臺灣現代小說前階段中，可以發現有思想落差所造成的疏離（例如日治時期受日本教育，但出了學校後卻和傳統社會的觀念有落差、受西方教育後，在西方文化與中國傳統文化中產生矛盾）；或因為新體制造成差距所產生的疏離（鄉下農民想著如何存更多錢過日子，都市居民想著如何花費金錢滿足自己）（文本舉例詳見第五章）。總體來說，前階段的小說中可以看見的疏離多為人際的、社會觀念轉變所造成，以及傳統與新興的利益概念間的疏離。

　　臺灣小說一直以來不管如何蛻變，大致都是以反映時代、社會趨勢，同時代表臺灣民眾抒發心聲，藉由描寫小市民悲歡離合的真實生活來給民眾帶來重溫生活經驗的機會。例如二十世紀五〇年代小說的反共懷鄉、六〇年代的西化和前衛、七〇年代的

鄉土化，儘管呈現的面貌不相同，但大多小說都能反映一種時代性的「共識」。到了多元化、寬容、自由的八○年代，在繁忙、多歧的現實臺灣工商業社會型態之下，物質的追求、經濟的壓力等等，看似豐富多元的社會反而更讓人有迷失的感受。有為了擺脫社會標籤束縛，轉而追求對自我的認知的人，在脫離社會規範的情況之下，與他人／團體／社會產生了疏離，導致個人感到孤獨；也有在西方思潮裡翻滾，但卻無法在傳統文化中找到平衡的疏離；更有體認到自身所需與他人不同，而游離出規範之外的孤獨出現（文本舉例詳見第六章）。整個後階段文學中可以看見的孤獨與疏離來自於「我們只要還有一天需要和別人接觸，疏離就註定存在，個體也註定是孤獨的」，這種從個體概念而起的轉變，是有別於前階段迫切想入世的。

　　將命題進一步運用於學校語文教育、讀者與創作者、整體社會等三方面，可以為語文教育增添新的教育內容，提供教師透過文本閱讀的引導，幫助被疏離或在團體中感到孤獨的學生了解自身與他人有距離的可能原因；又理解造成孤獨及疏離的原因，也同樣可以幫助讀者日後在面對不同文化衝擊之下，能不再感到徬徨與茫然；對作者創作來說，則可以將本研究所統整出的時代背景以及對人物心靈影響作為借鏡，思考如何讓小人物在文本中的美感不再只是文化衝突下的「悲壯美」，而進一步創作出回歸民族精氣化生「由悲轉喜」的故事；本研究的最後，利用文化五個次系統來說明西方創造觀型文化與我們氣化觀型文化本質上的差異，是希望提供學者另一個看待現代化及社會變遷的角度。文化

的交流並非只是一味的仿效,在釐清本質的前提之下,才能更有效的討論文化並存或相互借鏡的可能。

本研究的成果展示如下:

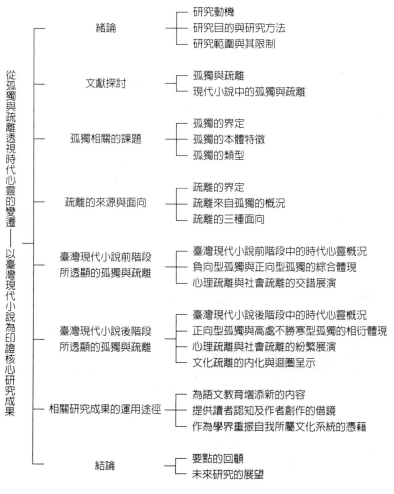

圖8-1-1　本研究的成果圖

第二節　未來研究的展望

　　王德威在《閱讀當代小說》中收錄了數篇小說短評，作品多為二十世紀八〇到九〇年代間，他認為這十餘年間，海峽兩岸及海外的華人社會經歷了劇烈的變動。小說的參與就像是社會的象徵活動，也跟著變動改換自己的面貌，有的從「先鋒」寫到「後設」，有的由「解嚴」寫到「戒嚴」，也有由「新時期」寫到「世紀末」，或者從「尋根」寫到尋找「新而獨立」的聲音。（王德威，1990：序15）從王德威的序中，可以看見八、九〇年代以來，小說創作進入手法、主題以及歷史背景各有所取的階段。換句話說，在這樣多變化、多樣貌的時代背景之下，時代心靈絕不僅止於「孤獨」與「疏離」兩課題而已，不同的歷史背景、政治局面，再加上不同文化的相互影響，必會有其他種類的心靈（例如失落、焦慮、期盼等等）值得討論；心靈種類之多，能探討的範圍甚大，這是單一研究中難以兼顧的，從小說文本透視不同的心靈表現，是爾後值得期待的研究方向之一。

　　本研究因考量配合臺灣不同階段的時代心靈，所以將小說文本的取材限制於以臺灣社會或經驗為出發，選擇與時代背景較為相關、較嚴謹的「臺灣現代小說」進行詮釋。小說的種類其實另有武俠小說、歷史小說、科幻小說等大眾小說的類型；在撰寫的題材上，可以是為了表達社會變遷而寫，也可以是紓發個人情志而書，甚至時空背景建構在歷史故事上，也會含有虛構的成分而

與現實生活有所出入,更別說不同流派所著重的目的不一而導致小說百百種。從不同類型的小說文本探究「孤獨」與「疏離」此二課題,是一個可行的研究方向;又或者從不同類型的文本中發現另外的時代心靈等等,都是可以再擴大研究的。另外在作家的選擇上,因本研究考慮後續運用途徑是希望提供給大眾有機會一探究竟,所以只選擇大家較耳熟能詳的作家,或較具代表性的作品進行討論,無法廣為印證,在不同表現手法的作家筆下,孤獨與疏離又會用何種樣貌出現在文本中?羅列不同派別的作家,進行他們對孤獨與疏離這樣的課題詮釋作研究,進一步討論派別與時代心靈的可能關係,也是可行的研究方向。

在語文研究的這些形式學科領域以及技巧和風格等類型規模,在整體研究中可以有理論建構和實證探索等兩種主要形態。前者(指理論建構),著重在演繹推理;後者(指實證探索),著重在歸納分析,合而成就了語文研究「在世存有」的動態及其靜態成果的樣相(詳見第一章第三節)。本研究無法全面涵括所有作品,僅能在有限的時間及能力下收集相關文獻,設定理論建構以進行詮釋及演繹。又研究題目雖可延伸至校內文本閱讀的教學討論,但因個人未能在校跟班,且無足夠數量的學生能夠進行主題教學的觀察、施測或訪談,也不方便進行讀者在「孤獨與疏離」相關閱讀經驗的問卷調查,所以僅能以理論架構所演繹出的研究成果作為大家參考的方向,無法多方檢證本研究在成果運用上的成效。如果能突破本研究的限制,實際於班級中操作,或利用問卷進行閱讀人口與孤獨、疏離課題關注性的分析,除了可以

避免個人主觀經驗下可能造成的分析偏頗，在對象回饋的行為改變或調查數據的顯示會如何呈現，則又是另外可以再期待的。

參考文獻

Ami Rokach. (2002) Determinants of loneliness of young adult drug users. *The Journal of psychology*, 136(6): 613~630.

Ayse C. Uruk, Ayhan Demir. (2003) The Role of Peers and Families in Prediciting the Loneliness Level of Adolescents. *The Journal of Psychology*, 137(2): 179~193.

Felix Neto, Jose Barros. (2000) Psychosocial Concomitants of Loneliness among Students of Cape Verde and Portuga. *The Journal of Psychology*, 134(5): 503~514.

Felix Neto, Jose Barros. (2003) Predictors of Loneliness Among Students and Nuns in Angola and Portugal. *The Journal of psychology*, 137(4): 351~362.

Melvin Seeman. (1959) On the meaning of alienation. *American sociological review*, 24(6): 783~791.

Richard E.Byrd. (1958) *Alone: The Classic Polar Adventure*, Lonton: New York Times.

Rollo May. (1953) *Man's Search for Himself*. New York: Norton.

Rollo May. (1969) *Love and will*. New York: Norton.

Rubin Gotesky. (1965) *Studies in the philosophy of experience*, Chicago: Quadrangle Books.

Francis Terrell, Ivanna S. Terrell, Susan R. Von Drashek. (2000) Loneliness and fear of intimacy among adolescents who were taught not to trust strangers during childhood. *Adolescence*, 35(140): 611-621.

七等生（2003），《我愛黑眼珠》，臺北：遠景。

王文興（1986），《背海的人》，臺北：洪範。

王文興（1987），《家變》，臺北：洪範。

王安憶（2002），《小說家的13堂課》，臺北：印刻。

王振寰等主編（2001），《社會學與臺灣社會》，臺北：巨統。

王萬清（1999），《讀書治療》，臺北：心理。

王禎和（1993），《嫁粧一牛車》，臺北：洪範。

王曉剛等（2006），〈大學生孤獨與自我價值感的關係初探〉，《中國臨床心理學雜誌》，14（6）：622～624，長沙：中國臨床心理學。

史脫爾（Anthony Storr）（2009），《孤獨》（張嚶嚶譯），臺北：八正。

安傑利斯（Peter A. Angeles）（2001），《哲學辭典》（段德智等譯），臺北：貓頭鷹。

艾隆森（Elliot Aronson）（2003），《社會心理學》（余伯泉等譯），臺北：弘智。

古繼堂（1996），《臺灣小說發展史》，臺北：文史哲。

白先勇（1983），《臺北人》，臺北：爾雅。

白先勇（1984），《寂寞的十七歲》，臺北：遠景。

朱天心（1998），《想我眷村的兄弟們》，臺北：麥田。

朱天心（2002），《古都》，臺北：麥田。

朱少麟（2005），《傷心咖啡店之歌》，臺北：九歌。

朱曉玲（2005），〈醜小鴨的故事〉，國際線上，網址：http://big5.cri.cn/gate/big5/gb.cri.cn/5324/2005/10/11/361@733244_6.htm，檢索日期：2012.06.15。

利奇（Geoffrey N. Leech）（1996），《語意學》（李端華等譯），上海：上海外語教育。

里茲（George Ritzer）（1992），《社會學理論》（馬康莊、陳信木譯），臺北：巨統。

希斯（James Hewes）主編（2011），《孤獨星球Lonely Planet》（紅樹林譯），臺北：英屬蓋曼群島商家庭傳媒城邦。

伯格（Peter Berger）（1982），《社會學導引——人文取向的透視》（黃樹仁等譯），臺北：巨流。

沈清松（1986），《解除世界魔咒——科技對文化的衝擊與展望》，臺北：時報。

吳宗益（2005），《《佩德羅・巴拉摩》的「孤寂」探討》，私立靜宜大學西班牙語文學系研究所碩士論文，未出版，臺中。

吳奇螢（2008），《臺灣社會宗教信仰與疏離感之研究》，國立臺北大學社會學研究所碩士論文，未出版，臺北。

吳逸樺（2004），《一冊通曉圖解社會學》，臺北：易博士。

吳琬瑜（2000），〈了解孤獨，就不寂寞〉，《CHEERS雜誌》，1：184～189，臺北：CHEERS雜誌。

杜加斯（Kay Deaux）等（1990），《當代社會心理學》（程實定譯），臺北：結構群。

李文娜（2010），〈無法告別的孤獨——從幾部作品論王安憶筆下的孤獨感〉，《雲南電大學報》，12（3）：32～37，昆明：雲南電大。

李牧（1990），《疏離的文學》，臺北：黎明。

李素文（2011），《有一種孤獨叫自由——享受孤獨的生活藝術》，臺北：達人文創。

李彩娜等（2006），〈青少年孤獨感的特點及其與人格、家庭功能的關係〉，《陝西師範大學學報（哲學社會科學版）》，35

（1）：115～121，西安：陝西師範大學。

李偉文（2012），〈享受孤獨〉，李偉文個人部落格，網址：http://blog.chinatimes.com/sow/archive/2010/10/10/547370.html，檢索日期：2012.04.28。

李瑞騰（1991），《臺灣文學風貌》，臺北：三民。

何季芳（2008），〈孤獨的情感表現〉，《視覺藝術論壇》，3：57～69，嘉義：國立嘉義大學人文藝術學院。

何菲（2009），〈人類無可逃避的孤獨──試析庫切小說中的孤獨意識〉，《皖西學院學報》，25（6）：104～106，六安：皖西學院。

何懷碩（1998），《孤獨的滋味》，臺北：立緒。

呂正惠（1992），《戰後臺灣文學經驗》，臺北：新地文學。

呂葉（2009），〈論《神史》中的孤獨感〉，《昭通師範高等專科學院學報》，31（1）：37～41，昭通：昭通師範高等專科學校。

佛洛姆（Erich Fromm）（1978），《自我影像》（陳華夫譯），臺北：問學。

阿雷克（Ronald V. Urick）（1986），《疏離感──個人問題？社會問題？》（沙亦群譯），臺北：巨流。

青青我的寶貝（2011），〈疏離感的種類〉，網址：http://www.bamboo.hc.edu.t w/~amychen/advance/304/fp03.htm，檢索日期：2011.04.18。

周玉慧等（2008），〈變遷中的台灣民眾心理需求、疏離感與身心困擾〉，《臺灣社會學刊》，41：59～95，臺北：臺灣社會學會。

周慶華（2001），《作文指導》，臺北：五南。

周慶華（2002），《故事學》，臺北：五南。

周慶華（2003），《閱讀社會學》，臺北：揚智。

周慶華（2004），《語文研究法》，臺北：洪葉。

周慶華（2006），《靈異學》，臺北：洪葉。

周慶華（2007），《語文教學方法》，臺北：里仁。

林文義（2005），《流旅》，臺北：印刻。

林央敏（1988），《臺灣人的蓮花再生》，臺北：前衛。

林治平（1994），《現代人心靈的真空及其補償》，臺北：宇宙光。

林美容（1996），《臺灣文化與歷史的重構》，臺北：前衛。

林美琴（2001），《青少年讀書會DIY》，臺北：天衛。

林松茂（2008），〈上班族的心靈環保——追求自我實現與自我心靈
潛能激發〉，《品質月刊》，44（4）：27～29，臺北：中華民
國品質學會。

林春成等編輯（1995），《百年來的臺灣》，臺北：前衛。

林曉芳（2008），《從吳爾芙的《燈塔行》看自我追尋之旅》，國立
中興大學外國語文學系碩士班論文，未出版，臺中。

邱妙津（2006），《鱷魚手記》，臺北：印刻。

科克（Philip Koch）（2004），《孤獨》（梁永安譯），臺北：立緒。

施淑編（1994），《賴和小說集》，臺北：洪範。

柳春香等（2005），〈大學生自我價值感與應對方式的相關研究〉，
《高校保健醫學研究與實踐》，2（3）：23～26，重慶：西南師
範大學。

胡瑩（2006），〈魔幻的土壤　孤獨的百年——《百年孤獨》與《白
鹿原》之比較〉，《遼寧行政學院學報》8（6）：210～211，瀋
陽：遼寧行政學院。

胡言亂語電視台（2012），〈疏離alienation〉，工商服務時間&過客
請進，網址：http://www.wretch.cc/blog/edithkuo/6850435，檢索日
期：2012.06.14。

范銘如（2012），〈解嚴後總論〉，《臺灣大百科全書》，網址：
http://taiwanpedia.culture.tw/web/content?ID=2334，檢索日期：

2012.06.25。

胥維維（2006），〈論二十世紀前期英美小說表現的疏離感──以
　　《太陽照樣升起》、《聖馬》、《罪惡的軀體》為例〉，《長江
　　師範學院學報》22（6）：129～132，重慶：涪陵師範學院。

宣翔（2008），《華人文化的咖啡消費之深層心靈隱喻》，國立中興
　　大學行銷學系研究所碩士論文，未出版，臺中。

馬立秦（1984），〈社會學上疏離之研究－上〉，《中國論壇》，18
　　（4）：60～64。

馬森（2000），《孤絕》，臺北：麥田。

馬斯洛（Abraham Maslow）等（1990），《人的潛能和價值》（孫大
　　川審譯），臺北：結構群。

格林（Linen Green）（2011），《孤獨白：白是承載一切 卻被遺忘的
　　顏色》，臺北：時英。

徐光興（2010），《孤獨的世界：解讀自閉癥之謎》，合肥：安徽
　　人民。

韋政通（1981），《傳統的更新》，臺北：大林。

旅人（2006），〈經濟決定論者－Durkheim〉，網址：http://
　　mypaper.pchome.com.tw/hpsh830027/post/1273489613，檢索日期：
　　2012.06.02。

孫延軍等（2006），〈閱讀狂潮何以被掀起──幾米繪本在青年中流
　　行的心理學探析〉，《中國青年研究》，2006（2）：55～57，
　　北京：中國青年研究。

孫中興（2010），《馬克思〔異化勞動〕的異話》，臺北：群學。

凌茜（2010），《當你不能享受孤寂，你注定無路可去》，臺北：人
　　本自然。

高天生（1994），《臺灣小說與小說家》，臺北：前衛。

高焜燦（1996），《社交孤立兒童的自我探索與表達技巧之學習》，

國立臺北教育大學國民教育研究所碩士論文，未出版，臺北。

翁嘉珮（2000），《高中學生班級氣氛、學業成就與疏離感之關係》，國立成功大學教育研究所碩士論文，未出版，臺南。

時蓉華（1996），《社會心理學》，臺北：東華。

堀秀彥（1975），《愛與孤獨的世界》，臺北：漢文。

梭羅（Henry David Thoreau）（1999），《湖濱散記》（孔繁雲譯），臺北：志文。

梅（Rollo Reese May）（1991），《人尋找自己》（馮川等譯），貴陽：貴陽人民。

荷妮（Karen Horney）（1975），《焦慮的現代人》（葉頌壽譯），臺北：志文。

陳芳明（2011），《臺灣新文學史》，臺北：聯經。

陳若曦（1983），《城裡城外》，臺北：時報。

陳韻琳（2012），〈臺灣七零年代的鄉土文學〉，心靈小憩，網址：http://life.fhl.net/ic975/RegionalLiteratures/index.htm，檢索日期：2012.06.21。

陳譽馨（1995），《老年人生活型態、疏離感程度與電視觀賞行為之關聯性研究》，中國文化大學新聞研究所碩士論文，未出版，臺北。

許忠信（2003），《老年人的生活型態、社會疏離感和幸福感之研究》，國立高雄師範大學成人教育研究所碩士論文，未出版，高雄。

張小嫻（2006），《重量級情話》，臺北：皇冠。

張之傑主編（1985），《環華百科全書》，臺北：環華。

張明雄（2000），《臺灣現代小說的誕生》，臺北：前衛。

張俊（2006），〈孤獨的城　孤獨的人——解讀舍伍德•安德生的《小城畸人》〉，《湖北教育學院學報》，23（10）：1～3，黃

石：湖北第二師範學院。

張春興（2006），《張氏心理學辭典》，臺北：東華。

張素貞（1986），《細讀現代小說》，臺北：東大。

張雅婷（2008），《網路交友動機與人格、孤獨、社交焦慮和自我揭露的關係》，國立臺北大學資訊管理研究所碩士論文，未出版，臺北。

張淑楨（2008），《社交焦慮與孤獨感之線上聊天行為》，國立臺北大學資訊管理研究所碩士論文，未出版，臺北。

張莉（2009），〈像卡夫卡一樣孤獨──卡夫卡與中國先鋒小說〉，《廣東外語外貿大學學報》，20（2）：75～77，廣東：廣東外語外貿大學。

張漢良（1992），《文學的迷思》，臺北：中正。

張錦忠等主編（2006），《重寫臺灣文學史》，臺北：麥田。

培理（1967），《小說的研究》，臺北：臺灣商務。

教育部重編國語辭典（2011a），〈社會性〉，網址：http://dict.revised.moe.edu.tw/cgi-bin/newDict/dict.sh?idx=dict.idx&cond=%AA%C0%B7%7C%A9%CA&pieceLen=50&fld=1&cat=&imgFont=1，檢索日期：2011.11.12。

教育部重編國語辭典（2011b），〈詮釋〉，網址：http://dict.revised.moe.edu.tw/cgi-bin/newDict/dict.sh?idx=dict.idx&cond=%B8%E0%C4%C0&pieceLen=50&fld=1&cat=&imgFont=1，檢索日期：2011.11.20。

教育部重編國語辭典（2011c），〈孤獨〉，網址：http://dict.revised.moe.edu.tw/cgi-bin/newDict/dict.sh?cond=%A9t%BFW&pieceLen=50&fld=1&cat=&ukey=-472448844&serial=1&recNo=0&op=f&imgFont=1，檢索日期：2012.03.12。

教育部重編國語辭典（2011d），〈疏離〉，網址：http://dict.revised.moe.edu.tw/cgi-bin/newDict/dict.sh?cond=%B2%A8%C2%F7&pieceLen

=50&fld=1&cat=&ukey=-238632897&serial=1&recNo=0&op=f&imgFon
t=1，檢索日期：2012.06.12。

教育部重編國語辭典（2011e），〈疏離感〉，網址：http://dict.
revised.moe.edu.tw/cgi-bin/newDict/dict.sh?cond=%B2%A8%C2%F7&p
ieceLen=50&fld=1&cat=&ukey=-1194688501&serial=1&recNo=1&op=f
&imgFont=1，檢索日期：2012.06.12。

黃展人（1992），《文學理論》，石牌：暨南大學。

黃春明（2000），《兒子的大玩偶》，臺北：皇冠。

黃勁連主編（1991），《南瀛文學選小說》卷一，臺南：臺南縣立文
化中心。

黃國萍等（2010），〈大學新生孤獨感的狀況及疏導策略──以池州
學院資源環境與旅遊系為例〉，《池州學院學報》，24（1）：
147～150，池州：池州師範專科學校。

游勝冠（1996），《臺灣文學本土論的興起與發展》，臺北：前衛。

葉石濤（1992），《臺灣文學的困境》，高雄：派色。

葉淑美（2005），〈你不如意？我更不如意！──試析賴和短
篇小說〈不如意的過年〉〉，臺灣文學部落格，網址：
http://140.119.61.161/blog/forum_detail.php?id=57，檢索日期：
2012.06.20。

葉維廉（1988），《歷史、傳釋與美學》，臺北：東大。

焦桐（1993），《失眠曲》，臺北：爾雅。

曾肅良（2004），《藝術概論》，臺北：空大。

鈕則誠（2001），《心靈會客室》，臺北：慈濟。

奧斯特（Paul Auster）（2009），《孤獨及其所創造的》（吳美真
譯），臺北：天下文化。

裘唐諾（Paolo Giordano）（2009），《質數的孤獨》（林玉緒譯），
臺北：寂寞。

奧修（Osho）（2002），《愛、自由與單獨》，臺北：生命潛能。

楊宗翰主編（2002），《臺灣文學史的省思》，臺北：富春。

楊茹婷（2011），〈擁有自信好人緣——人際溝通〉，網址：http://www.ntnu.edu.tw/dsa/newdsa/07/htm/right/right_03.htm，檢索日期：2011.11.12。

楊評凱（2011），《金銀紙的秘辛》，臺北：秀威。

楊韶剛（2001），《尋找存在的真諦》，臺北：貓頭鷹。

鄒泓（2003），《青少年的同伴關係：發展特點、功能及其影響因素》，北京：北京師範大學。

熊元義（1998），《回到中國悲劇》，北京：華文。

聞人悅閱（2011），《掘金紀》，臺北：聯合文學。

趙雅博（1990），《知識論》，臺北：幼獅。

維基百科（2011），〈語義學〉，網址：http://zh.wikipedia.org/wiki/%E8%AA%9E%E7%BE%A9%E5%AD%B8，檢索日期：2011.11.20。

赫若克（Hurlock）（1991），《兒童心理學》（胡海國譯），臺北：桂冠。

廖啟雄（2004），《國民小學教師領導與學生疏離感關係之研究》，國立臺北師範學院教育政策與管理研究所碩士論文，未出版，臺北。

廖淑純（2011），《探究成人靈性轉化學習——以生涯轉換者為例》，國立暨南大學終身學習與人資專班碩士論文，未出版，南投。

寫作天下編委會主編（2007），《大家來寫酷作文2》，臺北：新潮社。

蔡振念編（2003），《臺灣現代短篇小說精讀》，臺北：五南。

箱崎總一（Shin Yudaya-Shiki Shikoho）（1983），《孤獨心態的超越》（何逸塵譯），臺北：巨流。

劉宇文等（2002），論網絡教學中的信息孤獨，《中國教育學刊》，
　　2002（1）：53～56，北京：中國教育學刊。

劉菊（2009），〈離心很近，離你很遠——以願城和海子等為例看作
　　家與社會的疏離感〉，《當代小說》，2009（22）：32，濟南：
　　當代小說。

劉連龍等（2009），〈網絡成癮與其孤獨感關係的研究〉，《西北大
　　學學報（哲學社會科學版）》，39（1）：126～129，西安：西
　　北大學。

駱以軍（2007），《遠方》，臺北：印刻。

黎湘萍（2003），《文學臺灣》，北京：人民文學。

潘品麗（2011），〈「文學自覺」的時代漸進析〉，《濮陽職業技術
　　學院學報》，24（2）：91～138，濮陽：濮陽職業技術學院。

蔣勳（2004），〈夢想孤獨〉，《天下雜誌》，300：458～463，臺
　　北：天下雜誌。

蔣勳（2007），《孤獨六講》，臺北：聯合文學。

摩羅（2010），《孤獨的巴金：如何理解作家》，臺北：東方。

橘子（2011），《被愛，卻孤獨》，臺北：春天。

鍾文榛（2011），〈個人主動追求孤獨的價值與意義——以現代小說
　　《傷心咖啡店之歌》為例〉，周慶華主編，《跨領域語文教育的
　　探索》，77～106，臺北：秀威。

魏蘭（Joanne Wieland）（1999），《孤獨世紀末》（宋偉航譯），臺
　　北：立緒。

簡媜（2006），《微醺的樹林》，臺北：洪範。

顏若映（1988），《影響大學生校園疏離感變項之研究》，國立政治
　　大學教育研究所碩士論文，未出版，臺北。

韓麗娟（2010），〈幽閉與自我靈魂書寫的統一——從《私人生
　　活》、《一個人的戰爭》看90年代女性文學個人化寫作〉，《當

代小說》，2010（6）：28～29，濟南：當代小說。

羅聿廷（2002），《影響單親青少年疏離感與生活型態之相關性研究》，私立中國文化大學兒童福利研究所碩士論文，未出版，臺北。

瞿海源等主編（2005），《社會學與臺灣社會》，臺北：巨流。

龐建國（1994），《都市人心理》，臺北：希代。

蘇明如（2004），《解構文化產業》，高雄：春暉。

黨士豪（1969），《心理學與教育》，臺中：水牛。

龔藝華等（2005），〈大學生心理控制源與自我價值感的相關研究〉，《西南師範大學學報（人文社科版）》，31（1）：32～34，重慶：西南師範大學學報。

語言文學類　PG0885　東大學術51

孤獨與疏離：
從臺灣現代小說透視時代心靈的變遷

作　　者／鍾文榛
責任編輯／劉　璞
圖文排版／張慧雯
封面設計／王嵩賀

發 行 人／宋政坤
法律顧問／毛國樑　律師
印製出版／秀威資訊科技股份有限公司
　　　　　114台北市內湖區瑞光路76巷65號1樓
　　　　　電話：+886-2-2796-3638　傳真：+886-2-2796-1377
　　　　　http://www.showwe.com.tw
劃撥帳號／19563868　戶名：秀威資訊科技股份有限公司
　　　　　讀者服務信箱：service@showwe.com.tw
展售門市／國家書店（松江門市）
　　　　　104台北市中山區松江路209號1樓
　　　　　電話：+886-2-2518-0207　傳真：+886-2-2518-0778
網路訂購／秀威網路書店：http://www.bodbooks.com.tw
　　　　　國家網路書店：http://www.govbooks.com.tw
圖書經銷／紅螞蟻圖書有限公司
　　　　　114台北市內湖區舊宗路二段121巷28、32號4樓
　　　　　電話：+886-2-2795-3656　傳真：+886-2-2795-4100

2012年12月BOD一版
定價：300元
版權所有　翻印必究
本書如有缺頁、破損或裝訂錯誤，請寄回更換

Copyright©2012 by Showwe Information Co., Ltd.
Printed in Taiwan
All Rights Reserved

國家圖書館出版品預行編目

孤獨與疏離：從臺灣現代小說透視時代心靈的變遷 / 鍾文榛著. -- 一版. -- 臺北市：秀威資訊科技, 2012.12
　　面；　公分. -- (語言文學類；PG0885) (東大學術；51)
　　BOD版
　　ISBN 978-986-326-031-8(平裝)

　1.臺灣小說　2.現代小說 - 文學評論

863.27　　　　　　　　　　　101021919

讀 者 回 函 卡

感謝您購買本書，為提升服務品質，請填妥以下資料，將讀者回函卡直接寄回或傳真本公司，收到您的寶貴意見後，我們會收藏記錄及檢討，謝謝！

如您需要了解本公司最新出版書目、購書優惠或企劃活動，歡迎您上網查詢或下載相關資料：http:// www.showwe.com.tw

您購買的書名：_____

出生日期：_____年_____月_____日

學歷：□高中 (含) 以下　　□大專　　□研究所 (含) 以上

職業：□製造業　□金融業　□資訊業　□軍警　□傳播業　□自由業
　　　□服務業　□公務員　□教職　　□學生　□家管　　□其它_____

購書地點：□網路書店　□實體書店　□書展　□郵購　□贈閱　□其他

您從何得知本書的消息？

　　□網路書店　□實體書店　□網路搜尋　□電子報　□書訊　□雜誌

　　□傳播媒體　□親友推薦　□網站推薦　□部落格　□其他_____

您對本書的評價：(請填代號　1.非常滿意　2.滿意　3.尚可　4.再改進)

　　封面設計____　版面編排____　內容____　文／譯筆____　價格____

讀完書後您覺得：

　　□很有收穫　□有收穫　□收穫不多　□沒收穫

對我們的建議：_____

_____

_____

_____

請貼
郵票

11466
台北市內湖區瑞光路 76 巷 65 號 1 樓

秀威資訊科技股份有限公司　　　收

BOD 數位出版事業部

··

（請沿線對折寄回，謝謝！）

姓　　名：＿＿＿＿＿＿＿＿＿　年齡：＿＿＿＿　性別：□女　□男

郵遞區號：□□□□□

地　　址：＿＿＿＿＿＿＿＿＿＿＿＿＿＿＿＿＿＿＿＿＿＿

聯絡電話：(日) ＿＿＿＿＿＿＿＿＿　(夜) ＿＿＿＿＿＿＿＿＿

E-mail：＿＿＿＿＿＿＿＿＿＿＿＿＿＿＿＿＿＿＿＿＿＿